Theodor Euripides

Iphigenie in Aulis

Ein Trauerspiel in fünf Aufzügen. Aus dem Griechischen des Euripides

Theodor Euripides

Iphigenie in Aulis
Ein Trauerspiel in fünf Aufzügen. Aus dem Griechischen des Euripides

ISBN/EAN: 9783743366404

Hergestellt in Europa, USA, Kanada, Australien, Japan

Cover: Foto ©Andreas Hilbeck / pixelio.de

Manufactured and distributed by brebook publishing software (www.brebook.com)

Theodor Euripides

Iphigenie in Aulis

Iphigenie in Aulis.

Ein Trauerspiel in fünf Aufzügen.
Aus dem Griechischen des Euripides.
Uebersetzt von Schiller.

Köln am Rhein 1790.
Gedrukt und verlegt in der Langenschen Buchhandlung.

Personen.

Agamemnon.

Menelaus.

Achilles.

Klytemnestra, Agamemnons Gemahlinn.

Iphigenie, Agamemnons Tochter.

Ein alter Sklave Agamemnons.

Ein Bote.

Chor, fremde Frauen aus Chalzis, einer benachbarten Landschaft, die gekommen sind, die Kriegs- und Flottenrüstung der Griechen in Aulis zu sehen.

Die Szene ist das griechische Lager in Aulis, vor dem Zelt Agamemnons.

Erster Aufzug.

Erster Auftrit.

Agamemnon, der alte Sklave.

Agamemnon. (ruft ins Zelt).

Hervor aus diesem Zelte, Greis.
Sklave. (indem er herauskommt).
Hier bin ich.
Was sinnst du Neues, König Agamemnon?
Agamemnon.
Du wirst es hören. Komm.
Sklave.
Ich bin bereit.
Mein Alter flieht der Schlummer und noch frisch sind meine Augen.
Agamemnon.
Das Gestirn dort oben, wie heißts?
Sklave.
Du meinst den Sirius, der nächst dem Siebensterne der Pleiaden rollt?
Noch schwebt er mitten in dem Himmel.

dem Glüklichen gedroht. Lang zauberte,
dieß fürchtend, bang und ungewiß der König,
den Ehgemahl der Tochter zu entscheiden,
dieß Mittel sinnt er endlich aus. Es müssen
die Freier sich mit hohen Schwüren binden,
Trankopfer gießen auf den flammenden
Altar; und freundlich sich die Rechte bieten.
Ein fürchterlich Gelübd' entreißt er ihnen,
das Recht des Glüklichen — sei auch wer wolle
der Glükliche! — einträchtig zu beschüzzen,
Krieg und Verheerung in die beste Stadt
des Griechen oder des Barbaren, der
von Haus und Bette die Gemahlinn ihm
gewaltsam rauben würde, zu verbreiten.
Als nun gegeben war der Schwur, durch ihn
der Freier Sinn mit schlauer Kunst gebunden,
verstattet Tyndarus der Jungfrau, selbst
den Gatten sich zu wählen, dem der Liebe
gelinder Hauch das Herz entgegen neigte.
Sie wählt — o hätte nie und nimmermehr
so die Verderbliche gewählt! — sie wählt
den blonden Menelaus zum Gemahle.
Nicht lang, so läßt in Lazedämons Mauren,
in reichem Kleiderstaate blühend, blizzend
von Gold, im ganzen Prunke der Barbaren,
der junge Phrygier sich sehen, der,
wie das Gerüch verbreitet, zwischen drei
Göttinnen einst der Schöne Preiß entschieden,
gibt

gibt Liebe und empfängt und flüchtet nach
des Ida fernen Triften die Geraubte.
Es ruft der Zorn des Schwerbleidigten
der Fürsten alte Schwüre jetzt heraus.
Zum Streite stürzt ganz Griechenland. In Aulis
versammelt sich mit Schiffen, Rossen, Wagen
und Schilden schnel ein fürchterlicher Mars.
Mich, des Erzürnten Bruder, wählen sie
zu ihrem Oberhaupt. Unsel'ges Zepter,
wärst du in andre Hände doch gefallen!
Nun liegt das ganze aufgebot'ne Heer,
weil ihm die Winde widerstreben, müßig
in Aulis Engen. Unter fürchterlichen
Beängstigungen bringt der Seher Kalchas
den Götterspruch hervor, daß, wenn die Winde
sich drehn und Trojas Thürme fallen sollen,
auf Artemis Altar der Schützerinn
von Aulis, meine Iphigenia, mein Kind,
als Opfer bluten müsse; blutete
sie nicht, dann weder Fahrt, noch Sieg. Sogleich
erhält Thalthybius von mir Befehl
mit lautem Heroldsruf das ganze Heer
der Griechen abzudanken. Nimmermehr
will ich zur Schlachtbank meine Tochter führen.
Durch seiner Gründe Kraft und Erd' und Himmel
bewegend reißt der Bruder endlich doch
mich hin, das Gräßliche geschehn zu lassen.
Nun schreib' ich an die Königinn, gebiet'

ihr

ihr, ungeſäumt zur Hochzeit mit Achill
die Tochter mir nach Aulis herzuſenden.
Hoch rühm' ich ihr des Bräutigams Verdienſt,
ſie raſcher anzutreiben, ſezz' ich noch
hinzu, es weigre ſich Achill, mit uns
nach Ilion zu ziehn, bevor er ſie
als Gattinn in ſein Phthia heimgeſendet.
In dieſer fälſchlich vorgegebnen Hochzeit
hab' ich des Kindes Opferung der Mutter
verhüllet. Außer Menelaus, Kalchas
und mir, weiß nur Ulyß um das Geheimniß.
Doch was ich damals ſchlimm gemacht, mach' ich
in dieſem Briefe wieder gut, den du
im Dunkel dieſer Nacht mich öfnen und
verſiegeln haſt geſehn — Nimm! und gleich
damit nach Argos! — Halt — der Königinn
und meinem Hauſe, weiß ich, warſt du ſtets
mit Treu und Redlichkeit ergeben. Was
verborgen iſt in dieſes Briefes Falten,
will ich mit Worten dir zu wiſſen thun.
(er lieſt)
„Gebohrene der Leda, meinem erſten
„ſend' ich dieß zweite Schreiben nach" —
(er hält inne).

Sklave.
Lies weiter,
verbirg mir ja nichts Herr, daß meine Worte
mit dem Geſchriebenen gleich lauten.

Aga-

Agamemnon. (fährt fort zu lesen).
„Sende
„die Tochter nicht zum wogenſichern Aulis
„Euböas Buſen. Die Vermählung bleibt
„gelegencren Tagen aufgehoben".

Sklave.
Und glaubſt du daß der heftige Achill,
den du die Gattinn wieder nimmſt, nicht gegen
die Königinn und dich in wilder Wuth
ergrimmen werde? — Herr, von daher droht
Gefahr — Sag an, was haſt du hier beſchloſſen?

Agamemnon.
Unwiſſend leiht Achill mir ſeinen Namen,
verborgen wie der Götterſpruch iſt ihm
die vorgegebene Hochzeit. Ihm alſo
raubt dieſes Opfer keine Braut.

Sklave.
O König
ein grauſenvolles Unternehmen iſts,
in das du dich verſtrikket haſt. Du lokkeſt
die Tochter, als des Göttinnſohnes Braut
ins Lager her, und deine Abſicht war,
den Danaern ein Opfer zuzuführen.

Agamemnon.
Ach meine Sinne hatten mich verlaſſen! — Götter!
Verſunken bin ich in des Jammers Tiefen!
Doch eile! Lauf! Nur jezt vergiß den Greis.

Sklave.
Herr, fliegen will ich.

Agamemnon.

Laß nicht Müdigkeit
nicht Schlaf an eines Baches Ufer, nicht
im Schatten der Gehölze dich verweilen.

Sklave.

Denk besser von mir König.

Agamemnon.

Gib besonders
wohl Akt, wo sich die Straßen scheiden, ob
nicht etwa schon voraus ist zu den Schiffen
der Wagen der sie bringen soll. Es ist
gar etwas schnelles, wie die Räder laufen.

Sklave.

Sei meiner Wachsamkeit gewiß.

Agamemnon.

Ich halte
dich nun nicht länger. Eil' aus diesen Grenzen —
und — hörst du — trifts sichs, daß dir unterwegs
der Wagen aufstößt, o so drehe du,
du selbst die Rosse rükwärts nach Myzene.

Sklave.

Wie aber — sprich — wie sind' ich Gehorsam bei
der Jungfrau und der Königinn?

Agamemnon.

Nimm nur
das Siegel wohl in Acht auf diesem Briefe.
Hinweg. Schon färbt die lichte Morgenröthe
den Himmel weiß und flammenwerfend steigen
der

der Sonne Räder schon herauf — Geh, nimm
die Last von meiner Seele!
(Sklave geht ab).
Ach, daß keiner
der Sterblichen sich selig nenne, keiner
sich glüklich bis ans Ende! — Leidenfrei
ward keiner noch gebohren!
(er geht ab).

Zwischenhandlung.
Chor. (trit auf).
Aus Chalzis, meiner Heimat, bin ich gezogen,
Die mit Meeran treibenden Wogen
Die ruhmreiche Arethusa benezt.
Ueber den Euripus hab' ich gesezt,
Der Griechen herrliche Schaaren zu sehen,
und die Schiffe am lebendigen Strand,
Die so rasch und gelehrig sich drehen
unter dieser Halbgötter Hand.
In der Trojer fernes Land
folgen sie, wie ich daheim erfahren,
Agamemnons fürstlichem Haupt,
und den Bruder mit den blonden Haaren,
heimzuführen, die der Phrygier geraubt,
Helena vom Ufer der Barbaren.
Von des Eurotas schilfreichem Strand
führte sie Paris in Priamus Land,
Paris, dem am thauenden Bach,

ringend

ringend mit der göttlichen Athene
und mit Hären um den Preis der Schöne
Cypria das schöne Weib versprach.

Antistrophe.

Ich bin durch die heiligen Haine gegangen,
wo sie Dianen mit Opfern erfreun,
junge Glut auf den schaamhaften Wangen
mischt' ich mich in die kriegrischen Reihn,
an des Lagers eisernen Schäzzen
an der Schilde furchtbarer Wehr'
meinen bewundernden Blik zu ergözzen,
an der Rosse streitbarem Heer.
Erst sah ich die tapfern Zeltgenossen
der Ajaxe Heldenpaar, vereint
mit Protesilas dem Freund,
auf den Sizzen friedlich hingegossen;
des Oileus Sohn; und dich — die Krone
Salamis — furchtbarer Telamone!
An des Würfels wechselndem Glük
labte sich der Helden Blik.
Gleich nach diesen sah ich Diomeden,
Ares tapfern Sprößling Merion,
und Poseidons Enkel Palameden
und Laertes listenreichen Sohn,
seiner Felsenithaka entstiegen
Nireus dann, den schönsten aus dem Zug,
an des Diskus mannigfachtem Flug
lustig sich vergnügen.

Epode.

Epode.

Auch der Thetis Sohn hab' ich gesehen
den der weise Chiron auferzog,
raschen Laufes, wie der Winde Wehen,
mit Erstaunen hab' ichs angesehen,
wie er flüchtig längs dem Ufer flog,
schwergeharnischt mit geschwinden Solen
eines Wagens Flug zu überholen
den die Schnelle von vier Rossen zog.
Uebergoldet waren ihre Zügel,
Bunte Schenkel, gelbes Mähnenhaar
schmükten das Gespann auf jeden Flügel,
weißgeflekket war das Deichselpaar.
Mit dem Stachel und mit lautem Rufen
trieb die Renner Pheres König an,
aber immer dicht an ihren Hufen,
gieng des waffenschweren Läufers Bahn.

Zweite Strophe.

Jezt sah ich — ein Schauspiel zum Entzükken!
ihrer Wimpel zahlenloses Wehn,
Nein, kein Mund vermag es auszudrükken,
was mein weiblich Auge hier gesehn.
Fünfzig Schiffe tapfrer Myrmidonen —
Zevs glorreicher Enkel führt sie an —
zieren rechts der Flotte schönen Plan.
Auf erhabenem Verdekke thronen
Zeichen des unsterblichen Peliden,
goldne Nereiden.

Zweite Antistrophe.

Fünfzig Schiffe zählt' ich, die, regieret
von Capaneus und Meziſtens Sohn,
der Archiver Mars herangeführet.
Sechzig fährt zum Streit nach Ilion
Theſeus Sohn von der Athener Küſte,
Pallas mit geflügeltem Gespann
iſt ihr Zeichen — auf der Waſſerwüſte
eine Helferinn dem Steuermann!

Dritte Strophe.

Der Böoten fünfzig Schiffe kamen,
kenntlich an des Stifters Schlangenbild,
König Leitus, aus der Erde Saamen,
bringt ſie aus dem phoziſchen Gefild.
Fünfzig Schiffe führte der Oiliden,
Ajax, aus der Lokrier Gebiete.

Dritte Antistrophe.

Von Myzene kam mit hundert Maſten
Agamemnon, Atreus Sohn,
seinen Zepter theilend mit Adraſten,
dem Gewaltigen von Sizion.
Treu und dienſtlich seines Freundes Harme
folgt' auch er der Griechen Heldenzug,
heimzuholen, die in Räubers Arme
des geflohnen Hymens Freuden trug.
Neſtors Flotte hab ich jezt begrüßet;
Alpheus schönen Stromgott sieht man hier,
der die Heimat nachbarlich umfließet,
Oben Mensch und unten Stier.

Dritte Eode.

Mit zwölf Schiffen schließt an die Achäer
Guneus, Fürst der Enier sich an.
Elis Herrscher folgen, die Epeer,
des Eurytus Zepter unterthan.
Von den Echinaden, wo zu wagen
keine Landung, führt der Taphen Macht,
die das Meer mit weissen Rudern schlagen,
Meges, Sohn des Phyleus, in die Schlacht.
Beide Flügel bindend, schließt der Telamon,
den die stolze Salamis gebahr,
mit zwölf Schiffen — dieses Zuges Krone.
So erfragt' ich's, und so nahm ich's wahr.
Dieses Volk im Ruderschlag erfahren,
mit Verwundrung hab' ich's nun erblikt.
Weh dem kühnen Fahrzeug der Barbaren,
das die Parze ihm entgegenschikt!
In die Bucht der väterlichen Laren
hoffe keines, freudig einzufahren!
Auch das Schlachtgeräthe und der Schiffe Menge,
(vieles wußt' ich schon) hab' ich gesehn,
die Erinnerung an diese Dinge,
nimmer, nimmer wird sie mir vergehn.

Zweiter

Zweiter Aufzug.

Erster Auftrit.

Menelaus, der alte Sklave.
(kommen in heftigem Wortwechsel).

Sklave.

Das ist Gewalt! Gewalt ist das! du wagest, was du nicht wagen sollst Atride!

Menelaus.

Geh! das heißt zu treu an seinem Herrn gehandelt.

Sklave.

Ein Vorwurf, der mir Ehre bringt.

Menelaus.

Du sollst mir heulen Alter, thust du deine Pflicht nicht besser.

Sklave.

Du hast keine Briefe zu erbrechen, die ich trage.

Menelaus.

Du hast keine zu tragen, die ganz Griechenland verderben!

Sklave.

Das mache du mit andern aus. Mir gib den Brief zurükke.

Menelaus.

Menelaus.
Nimmermehr
Sklave.
Ich lasse nicht eher ab —
Menelaus.
Nicht weiter, wenn dein Kopf nicht unter meinem Zepter bluten soll.
Sklave.
Mag's! Es ist ehrenvoll für seinen Herrn zu sterben.
Menelaus.
Her den Brief! Dem Sklaven ziemen so viele Worte nicht.
(er entreißt ihm den Brief).
Sklave (rufend).
O mein Gebieter! Gewalt! Gewalt geschieht uns, Agamemnon. Gewaltsam reißt er deinen Brief mir aus den Händen. Menelaus will die Stimme der Billigkeit nicht hören, und entreißt mir deinen Brief.

Zweiter Auftrit.

Agamemnon zu den Vorigen.

Agamemnon.
Wer lermt so vor den Thoren? Was für ein unanständig Schrein?

Sklave.

B.
Iphigenie in Aulis.

Sklave.

Nich Herr, nicht diesen mußt du hören *).

Agamemnon (zu Menelaus).

Nun was willst du diesen Mann und zerrst ihn so gewaltsam herum?

Menelaus.

Erst sieh' mir in's Gesicht. Antworten werd ich nachher.

Agamemnon.

Ich — ein Sohn Atreus — soll etwa die Augen vor dir niederschlagen?

Menelaus.

Siehst du dieß Blatt, das ein verdammliches Geheimniß birgt?

Agamemnon.

Gib es zurük, dann sprich.

Menelaus.

Nicht eher bis das ganze Heer erfahren, wovon es handelt.

Agamemnon.

Was? Du unterfängst dich, das Siegel zu erbrechen? zu erfahren, was nicht bestimmt war dir bekannt zu werden?

Menelaus.

---

*) Es muß angenommen werden, daß der Sklave sich hier zurükzieht oder auch ganz entfernt.

Menelaus.
Und, dich noch schmerzlicher zu kränken, sieh',
da deck' ich Ränke auf, die du im Stillen
verübtest.

Agamemnon.
Eine Frechheit ohne Gleichen!
Wo — o ihr Götter! — wo kam dieser Brief
in deine Hände?

Menelaus.
Wo ich deine Tochter
von Argos endlich kommen sehen wollte.

Agamemnon.
Wer hat zu meinem Hüter dich bestellt?
Ist das nicht frech?

Menelaus.
Ich übernahm es, weil's
mir so gefiel, denn deiner Knechte bin
ich keiner.

Agamemnon.
Unerhörte Dreistigkeit!
Bin ich nicht Herr mehr meines Hauses?

Menelaus.
Höre
Sohn Atreus. Festen Sinnes bist du nicht;
heut' willst du dieses, gestern war es jen's
und etwas anders ist es morgen.

Agamemnon.
Scharfflug
das bist du! Unter vielen schlimmen Dingen ist
das schlimmste eine scharfe Zunge.

Menelaus.

Ein schlimm'res ist ein wankelmüth'ger Sinn,
denn der ist ungerecht und undurchschaulich
den Freunden. Den Beweiß will ich gleich führen.
Laß nicht, weil jezt der Zorn dich übermeistert,
die Wahrheit dir zuwider sein. Groß Lob
erwarte nicht. Ist jene Zeit dir noch
erinnerlich, da du der Griechen Führer
in den Trojanerkrieg zu heissen branntest?
Sehr ernstlich wünschtest du, was du in schlauer
Gleichgültigkeit zu bergen dich bemühtest.
Wie demuthsvoll, wie kleinlaut warst du da!
Wie wurden alle Hände da gedrükket!
Da hatte, wer es nur verlangte, wer's
auch nicht verlangte, freien Zugang, freies
und ofnes Ohr bei Atreus Sohn! Da standen
geöfnet allen Griechen deine Thore!
So kauftest du mit schmeichlerischem Wesen
den hohen Rang, zu dem man dich erhoben.
Was war dein Dank? Des Wunsches kaum gewährt,
sieht man dich plözlich dein Betragen ändern.
Der Freunde wird nicht mehr gedacht, schwer hälts
nur vor dein Angesicht zu kommen, selten
erblikt man dich vor deines Hauses Thoren.
Die alte Denkart tauscht kein Ehrenmann
auf einem höhern Posten. Mehr als je,
hebt ihn das Glük, denkt seiner alten Freunde
des

der Ehrenmann, denn nun erst kann er ihnen
vergang'ne Dienste kräftiglich vergelten.
Sieh'! Damit fiengst du's an! das war's, was mich
zuerst von dir verdroß! Du kommst nach Aulis,
das Herr der Danaer mit dir. Der Zorn
der Himmlischen verweigert uns die Winde.
Gleich bist du weg. Der Streich schlägt dich zu
       Boden.
Es bringt in dich der Griechen Ungeduld,
der Schiffe müß'ge Last zurükgesandt,
in Aulis länger unnüz nicht zu rasten!
Wie kläglich stand es da um deine Feldherrnschaft!
Was für ein Leiden, keine tausend Schiffe
mehr zu befehligen, auf Trojas Feldern
nicht mehr der Griechen Schaaren auszubreiten!
Da kam man zu dem Bruder „Was zu thun?
Wo Mittel finden, daß die süße Herrschaft
und die erworbne Herrlichkeit mir bleib'?"
Er kündigt eine günst'ge Fahrt den Schiffen
der Seher Kalchas aus dem Opfer an,
wenn du dein Kind Dianen schlachtetest.
Wie fiel dir plözlich da die Last vom Herzen!
gleich, gleich bist du's zufrieden, sie zu geben.
Aus freiem Antrieb, ohne Zwang (daß man
dich zwang, kannst du nicht sagen) sendest du
der Königinn Befehl, dir ungesäumt
zum hochzeitlichen Band mit Peleus Sohn
(so gabst du vor) die Tochter herzusenden.
       Nun

Nun haſt du plözlich eines andern dich
beſonnen, ſendeſt heimlich widerſprechenden
Befehl nach Argos; nun und nimmermehr
willſt du zum Mörder werden an dem Kinde.
Doch iſt die Luft, die jezo dich umgibt,
die nämliche, die deinen erſten Schwur
vernommen. Doch ſo treiben es die Menſchen!
Zu hohen Würden ſieht man Tauſende
aus freier Wahl ſich drängen, in vermeß'nen
Entwürfen ſchwindelnd ſich verſteigen, doch
bald legt den Wahn des Haufens Flatterſinn,
und ihres Unvermögens ſtiller Wink
bringt ſchimpflich ſie zum Widerruf. Nur um
die Griechen thut mir's leid, voll Hofnung ſchon
vor Troja hohen Heldenruhm zu erndten,
jezt deinetwegen, deiner Tochter wegen,
das Hohngelächter niedriger Barbaren!
Nein, ein Heeres Führung, eines Staates
Verwaltung ſollte Reichthum nie vergeben.
Kopf macht den Herrn. Es ſei der Erſte Beſte
der Einſichtsvolle! Er ſoll König ſein!

     Chor.
Zu was für ſchreklichen Gezänken kommt's,
wenn Streit und Zwiſt entbrennet zwiſchen Brü-
          dern!

     Agamemnon.
Die Reih' iſt nun an mir, dich anzuklagen.
Mit kürzern Worten will ich's thun — ich will's
          mit

mit sänftern Worten thun, als du dem Bruder
zu hören gabst. Vergessen darf sich nur
der schlechte Mensch, der kein Erröthen kennt.
Sag' an, was für ein Dämon spricht aus deinem
entflammten Aug'? Was tobest du? Wer that
dir wehe? Wornach steht dein Sinn? Die Freuden
des Ehebettes wünschest du zurükke?
Bin ich's, der dir sie geben kann? Ist's recht,
wenn du die Heimgeführte schlecht bewahrtest,
daß ich Unschuldiger es büssen soll?
Dein Ehrgeiz bringt dich auf? — Wie aber nennst
du das, Vernunft und Billigkeit verhöhnen,
um eine schöne Frau im Arm zu haben?
O wahrlich! Eines schlechten Mannes Freuden
sind Freuden, die ihm ähnlich sehn! Weil ich
ein rasches Wort nach beßrer Ueberlegung
zurüknahm, bin ich darum gleich rasend?
Ist's einer, wer ist's mehr als du, der wieder
zu haben die Abscheuliche, die ihm
ein gnäd'ger Gott genommen, keine Mühe
zu groß und keinen Preiß zu theuer achtet?
Um deinetwillen, meinst du, haben Tyndarn
durch tollen Schwur die Fürsten sich verpflichtet?
Der Hofnung süße Göttinn riß, wie dich
die Liebestrunkenen dahin. So führe
sie denn zum Krieg nach Troja diese Helfer!
Es kommt ein Tag, schon seh' ich ihn, wo euch
des nichtigen, gewaltsam ausgepreßten
Gelübdes

Gelübdes schwer gereuen wird. Ich werde
nicht Mörder sein an meinen eignen Kindern.
Tret immerhin, wie deine Leidenschaft es heischt,
Gerechtigkeit und Billigkeit mit Füßen,
der Rächer einer Elenden zu sein.
Doch mit verruchten Mörderhänden gegen
mein theures Kind, mein eigen Blut zu rasen —
Abscheulich! Nein! Das würde Nacht und Tag
in heissen Thränenfluten mich verzehren.
Hier meine Meinung, kurz und klar und faßlich.
Wenn du Vernunft nicht hören willst, so werd'
ich meine Rechte wissen zu bewahren.

Chor.
Ganz von dem jezigen verschieden klang,
was Agamemnon ehedem verheißen.
Doch welcher Billige verargt es ihm,
möcht' er des eignen Blutes gerne schonen?

Menelaus.
So bin ich denn — ich unglükfel'ger Mann!
um alle meine Freunde!

Agamemnon.
Fodre nicht
der Freunde Untergang — so werden sie
bereit sein, dir zu dienen.

Menelaus.
Und woran
erkenn' ich, daß ein Vater uns gezeuget?

Agamemnon.
In allem, was du Weises mit mir theilest,
in deinen Rasereien nicht.

Menelaus.

Es macht
der Freund des Freundes Kummer zu dem seinen.

Agamemnon.

Dring' in mich, wenn du Liebe mir erweisest,
nicht, wenn du Jammer auf mich häuf'st.

Menelaus.

Du köuntest
doch der Achiver wegen etwas leiden!

Agamemnon.

In den Archivern raset, wie in dir,
ein schwarzer Gott.

Menelaus.

Auf deinen König stolz,
verräthst du Untheilnehmender den Bruder.
Wohlan! So muß ich andre Mittel suchen,
und andre Freunde für mich wirken lassen.

Dritter Auftrit.

Ein Bote zu den Vorigen.

Bote.

Ich bringe sie — o König aller Griechen!
ich bringe, Hochbeglükter, dir die Tochter,
die Tochter Iphigenia. Es folgt
die Mutter mit dem kleinen Sohn, gleich wirst du
den langentbehrten lieben Anblik haben.
Jezt haben sie, vom weiten Weg erschöpft,
am klaren Bach ausruhend sich gelagert,

auf

auf naher Wiese gras't das losgebundene
Gespann. Ich bin vorausgeschritten, daß
du zum Empfange dich bereiten möchtest,
denn schon im ganzen Lager ist's bekannt,
sie sei's! — Kann deine Tochter itzt erscheinen?
Zu ganzen Schaaren drängt man sich herbei,
dein Kind zu sehn — Es sind der Menschen Augen
mit Ehrfurcht auf die Glüklichen gerichtet.
Was für ein Hymen, fragt man dort und hier,
was für ein andres Fest wird hier bereitet?
Rief König Agamemnon, nach der lang'
Abwesenden Umarmungen verlangend,
die Tochter in das Lager? Ganz gewiß,
versezt ein Anderer, geschieht's, der Göttinn
von Aulis die Verlobte vorzustellen,
Wer mag der Bräutigam wohl sein? — Doch eilt,
zum Opfer die Gefäße zu bereiten!
bekränzt mit Blumen euer Haupt!

(zu Menelaus)
Du ordne
des Festes Freuden an. Es halle von
der Saiten Klang und von der Füße Schlag
der ganze Pallast wieder. Siehe da
für Iphigenien ein Tag der Freude!

Agamemnon zum Boten.
Laß es genug sein. Geh'. Das übrige
sei in des Glükkes gute Hand gegeben.

(Bote geht ab).

Vierter

Vierter Auftrit.
Agamemnon. Menelaus. Chor.

Agamemnon.

Unglüklichster was nun? — Wen — bejammr' ich
zuerst? Ach bei mir selbst muß ich beginnen!
In welche Schlingen hat das Schiksal mich
verstrikt — ein Dämon, listiger als ich,
vernichtet alle meine Künste. Auch
nicht einmal weinen darf ich. Seliges Loos
der Niedrigkeit, die sich des süßen Rechtes
der Thränen freuet, und der lauten Klage!
Ach! das wird unser einem nie! Uns hat
das Volk zu seinen Sklaven groß gemacht.
Es ist unköniglich zu weinen — Ach
und hier nicht weinen, ist unväterlich!
   Wie vor die Mutter treten? Was ihr sagen?
Wie ihr in's Auge sehen? — Mußte sie,
mein Elend zu vollenden, ungeladen
die Tochter hergeleiten? — Doch wer nimmt's
der Mutter, das geliebte Kind der süßen
Vermählung zuzuführen? — Nur zu sehr
Treuloser! hat sie dir gedient, da sie,
was sie auf Erden theures hat, dir liefert!
   Und sie — die unglükfel'ge Jungfrau —
                Jungfrau?
Ach nein, nein! Bald wird Hades sie umfangen.
Erbarmungswürdige! Da liegt sie mir

zu Füßen — „Vater! Morden willst du mich?
Ist das die Hochzeit, die du mir bereitet?
So gebe Zevs, daß du und alles, was
du theures hast, nie eine beßre feire!"
Orest der Knabe steht dabei und jammert
unschuldig mit, unwissend was er weinet,
ach von dem Vater nur zu gut verstanden!
O Paris! Paris! Paris! Welchen Jammer
hat deine Hochzeit auf mein Haupt geladen!

Chor.

Er jammert mich der unglüksvolle Fürst.
So sehr ich Fremdling bin, sein Leiden geht mir nahe.

Menelaus.

Mein Bruder. Laß mich deine Hand ergreifen.

Agamemnon.

Da hast du sie. Du bist der Hochbeglükte,
ich der Geschlagene.

Menelaus.

Bei Pelops, deinem
und meinem Ahnherrn, Bruder, und bei deinem
und meinem Vater Atreus sei's geschworen!
Ich rede wahr und ohne Winkelzug
mit dir, gerad' und offen, wie ich's meine.
Wie dir die Augen so von Thränen flossen,
Da Bruder — sieh' ich will dir's nur gestehn!
da ward mein inn'res Mark bewegt, da konnt' ich
mich selbst der Thränen länger nicht erwehren.
Ich nehme, was ich vorhin sprach, zurük.

Ich

Ich will nicht grausam an dir handeln. Nein,
ich denke nunmehr ganz wie du. Ermorde
die Tochter nicht, ich selber rath' es dir.
Mein Glük geh' deinem Glük nicht vor. Wär's
billig,
daß mir's nach Wunsche giengen, wenn du leidest?
Daß deine Kinder stärben, wenn die meinen
des Lichts sich freun? Um was ist mir's denn auch
zu thun? Laß sehn! Um eine Ehgenossinn?
Und find' ich die nicht aller Orten, wie's
mein Herz gelüstet? Einen Bruder soll ich
verlieren, um Helenen heimzuhohlen?
Das hieße Gutes ja für Böses tauschen!
Ein Thor, ein heisser Junglingskopf war ich
vorhin, jezt, da ich's reifer überdenke,
jezt fühl' ich, was das heißt—sein Kind erwürgen!
Die Tochter meines Bruders am Altar
um meiner Heurath willen hingeschlachtet,
nein, das erbarmt mich, wenn ich nur dran denke!
Was hat dein Kind mit dieser Helena
zu schaffen? Die Armee der Griechen mag
nach Hause gehn! Drum, lieber Bruder, höre
doch auf, in Thränen dich zu baden und
auch mir die Thränen in das Aug' zu treiben.
Will ein Orakel an dein Kind — das hat
mit mir nichts mehr zu schaffen. Meinen Antheil
erlaß' ich dir. Es siegt die Bruderliebe.
Entsag' ich einem grausamen Begehren,

was

was hab' ich mehr als meine Pflicht gethan?
Ein guter Mann wird stets das Beß're wählen.
Chor.
Das nenn' ich brav gedacht und schön — und wie
man denken soll in Tantalus Geschlechte!
Du zeigst dich deiner Ahnherrn werth Atride!
Agamemnon.
Jezt redest du, wie einem Bruder ziemt.
Du überraschest mich. Ich muß dich loben.
Menelaus.
Lieb' und Gewinnsucht mögen oft genug
die Eintracht stören zwischen Brüdern. Mich
hat's jederzeit empört, wenn Blutsverwandte
das Leben wechselseitig sich verbittern.
Agamemnon.
Wahr!
Doch ach! Dieß wendet die entsezliche
Nothwendigkeit nicht ab. Ich muß, ich muß
die Hände tauchen in ihr Blut.
Menelaus.
Du mußt?
Wer kann dich nöthigen, dein eigen Kind
zu morden?
Agamemnon.
Die versammelte Armee
der Griechen kann es.
Menelaus.
Nimmermehr, wenn du
nach Argos sie zurükke sendest.
Aga-

Agamemnon.
Laß auch sein, daß mir's von dieser Seite glükte, das Heer zu hintergehn — von einer andern —
Menelaus.
Von welcher andern? Allzusehr muß man den großen Haufen auch nicht fürchten.
Agamemnon.
Bald wird er von Kalchas das Orakel hören.
Menelaus.
Laß dein Geheimniß mit dem Priester sterben, nichts ist ja leichter.
Agamemnon.
Eine ehrbegier' und schlimme Menschenart sind diese Priester.
Menelaus.
Nichts sind sie und zu nichts sind sie vorhande
Agamemnon.
Und — eben fällt mir's ein — was wir am meisten zu fürchten haben — davon schweigst du ganz.
Menelaus.
Endekke mir's, so weiß ich's.
Agamemnon.
Da ist ein gewisser Sohn des Sisyphus — der weiß schon um die Sache.
Menelaus.
Der kann uns nicht schaden!
Aga.

Agamemnon.

Du kennst sein listig überredend Wesen,
und seinen Einfluß auf das Volk.

Menelaus.
Und was
noch mehr ist, seinen Ehrgeiz ohne Grenzen.

Agamemnon.
N[un] denke dir Ulyssen, wie er laut
[vor] allen Griechen das Orakel offenbart,
[wie] Kalchas uns verkündigt, offenbart,
[daß] ich der Göttinn meine Tochter erst
[versprach] und jezt mein Wort zurükke nehme.
[Durch] mächt'ge Rede reißt der Plauderer
[das] ganze Lager wütend fort, erst mich,
[dann] dich und dann die Jungfrau zu erwürgen.
[Sollt'] auch nach Argos mich entkommen, mit
[vereinten] Schaaren fallen sie auf mich,
[zerstören] feindlich die Cyklopenstadt
[und] machen meinem Reiche dort ein Ende.
[D]u weißt mein Elend — Götter, wozu bringt
[ihr] mich in diesem fürchterlichen Drange!
[D]en einz'gen Dienst noch, lieber Menelaus,
[erweise] mir — gehst durch's Lager, suche
[zu] verhüten, daß der Mutter nicht
[k]und werde, was hier vorgehn soll, bevor
[de]r Erebus sein Opfer hat — So bin ich
[do]ch mit der kleinsten Thränensumme elend!

(zum Chor).

Ihr aber, fremde Frau'n — Verschwiegenheit!

(Agamemnon und Menelaus gehen).

Zweite Zwischenhandlung.

Chor.
Strophe.
Selig selig sei mir gepriesen,
dem an Hymens schamhafter Brust
in gemäßigter Lust
sanft die Tage verfließen.
Wilde wütende Triebe
wekt der reizende Gott.
Zweierlei Pfeile der Liebe
führt der goldlokkigte Gott!
Jener bringt selige Freuden,
dieser mordet das Glük.
Reizende Göttinn, den zweiten
wehre von Herzen zurük.
Sparsame Reize verleih' mir, Dione,
Keusche Umarmungen, heiligen Kuß,
deiner Freuden bescheidnen Genuß,
Göttinn! mit deinem Wahnsinn verschone!
Gegenstrophe.
Verschieden ist der Sterblichen Bestreben
und ihre Sitten mancherlei.
Doch eine That wird ewig leben,
genug, daß sie vortreflich sei.
Zucht und Belehrung lenkt der Jugend
bildsame Herzen früh zur Tugend.

Wenn

Wenn Schaam und Weisheit sich vereinen,
sieht man die Grazien erscheinen,
und Sittlichkeit, die fein' entscheidet,
was ehrbar ist, und edel kleidet —
Das gibt den hohen Ruhm des Weisen,
der nimmer altert mit dem Greisen.
Groß ist's, der Tugend nachzustreben.
Das Weib dient ihr im stillen Leben
Und in der Liebe sanftem Schoos.
Doch in des Mannes Thaten mahlen
sich prangend ihre tausend Stralen,
da macht sie Städt' und Länder groß.

Epode.

O Paris! Paris! Wärest du geblieben,
wo du das Licht zuerst gesehen,
wo du die Heerde still getrieben,
auf Idas triftenreichen Höhn!
Dort liessest du auf grünem Rasen
die silberweissen Rinder grasen,
und buhltest auf dem phryg'schen Kiele
mit dem Olymp im Flötenspiele,
und sangest dein barbarisch Lied.
Dort war's, wo zwischen drei Göttinnen,
dein richterlicher Spruch entschied.
Ach! der nach Hellas dich geführet,
und in den glänzenden Pallast,
mit prächt'gem Elfenbein gezieret,
den du mit Raub entweihet hast.

Helenens

Helenens Auge kam dir da entgegen,
und liebewund zog sie's zurük.
Helenen kam dein Blik entgegen
und liebetrunken zogst du ihn zurük.
Da erwachte die Zwietracht, die Zwietracht ent-
brannte,
und führte der Griechen versammeltes Heer,
bewafnet mit dem tödtenden Speer,
in Schiffen heran gegen Priamus Lande.

Dritter Aufzug.

Erster Auftrit.

Chor.

(Man sieht von weitem Klytemnestren
und ihre Tochter noch im Wagen, nebst
einem Gefolge von Frauen).

Wie das Glük doch den Mächtigen lachet!
Auf Iphigenien werft euren Blik!
Auf Klytemnestren, die Königlichgroße,
Tyndars Tochter! — Wie herrlich geboren!
Wie umleuchtet vom lieblichen Glük!
Ha diese Reichen — Wie göttliche Wesen
stehn sie vor armer Sterblichen Blik!
Stehet still! Sie steigen vom Sizze.
Kommt, sie mit Ehrfurcht zu grüßen! Zur Stäzze
reicht

reicht ihnen freundlich die helfende Hand.
Empfanget sie mit erheiterter Wange,
schrekt mit keinem traur'gen Klange
ihren Tritt in dieses Land.
Keine Furcht, kein unglükbringend Zeichen
soll der Fürstinn Antliz bleichen,
fremd wie wir an Aulis Strand.

Zweiter Auftrit.

**Klytemnestra mit dem kleinen Orestes.
Iphigenie. Gefolge. Chör.**

Klytemnestra.
(noch im Wagen, zum Chor).

Ein glüklich Zeichen, schöne Hofnungen
und eines frohen Hymens Unterpfand,
dem ich die Tochter bringe, nehm' ich mir
aus eurem Gruß und freundlichem Empfange.
So hebet denn die hochzeitlichen Gaben,
die ich der Jungfrau mitgebracht, vom Wagen,
und bringt sie sorgsam nach des Königs Zelt.
Du, meine Tochter, steige aus. Empfanget
sie sanft in euren jugendlichen Armen.
Wer reicht auch mir nun seines Armes Hülfe,
daß ich vom Wagensiz gemächlich steige?

(zu ihren Sklavinnen)

Ihr andern tretet vor das Joch der Pferde,
denn wild und schrekhaft ist der Pferde Blik.
Auch diesen Kleinen nehmet mit — Es ist

Orestes,

Orestes, Agamemnons Sohn. Dein Alter
kann noch nicht von sich geben, was es meinet.
Wie? Schläfst du süsses Kind? Der Knabe schläft,
des Wagens Schaukeln hat ihn eingeschläfert.
Wach' auf mein Sohn zum Freudentag der
. . . . und . . . . Schwester!
So groß du schon und . . . . bist geboren,
so höher wird der neue . . . . Bund
mit Thetis göttergleichem Sohn dich ehren.
Du, meine Tochter, gehe ja nicht weg,
daß diese fremden Frauen dort, die dich
an meiner Seite sehen, mir's bezeugen,
wie glüklich deine Mutter ist — Sieh! da!
Dein Vater! Auf ihn zu begrüßen!

Dritter Auftrit.

Agamemnon zu den Vorigen.

Iphigenie.

Wirst
du zürnen Mutter, wenn ich meine Brust
an seine Vaterbrust zu drüken ihm
entgegen eile?

Klytemnestra.

O mir über alles
verehrter König und Gemahl! — Hier sind
wir angelangt, wie du gebot'st.

Iphigenie.

O laß
mich nach so langer Trennung, Brust an Brust
geschlossen,

geschlossen; dich umarmen, Vater! Laß
mich deines lieben Angesichts genießen!
Doch zürnen mußt du nicht.

Agamemnon.

Genieß' es Tochter.
Ich weiß, wie zärtlich du mich liebst — du liebst
mich zärtlicher als meine andern Kinder.

Iphigenie.

Dich nach so langer langer Trennung wieder
zu haben — wie entzükt mich das mein Vater!

Agamemnon.

Auch mich — auch mich entzükt es. Was du sagst,
gilt von uns beiden.

Iphigenie.

Sei mir tausendmal
gegrüßt! Was für ein glüklicher Gedanke,
mein Vater, mich nach Aulis zu berufen.

Agamemnon.

Ein glüklicher Gedanke — Ach! das weiß
ich doch nicht —

Iphigenie.

Wehe mir! was für
ein kalter freudenleerer Blik, wenn du
mich gerne siehst!

Agamemnon.

Mein Kind! Für einen König
und Feldherrn gibt's der Sorgen so gar viele!

Iphigenie.

Laß diese Sorgen jezt, und sei bei mir.

Agamemnon.
Bei dir bin ich und warlich nirgends anders!
Iphigenie.
O so entfalte deine Stirn! Laß mich
dein liebes Auge heiter sehen.
Agamemnon.
Ich
entfalte meine Stirne. Sieh! So lang'
ich dir ins Antliz schaue, bin ich froh.
Iphigenie.
Doch seh' ich Thränen deine Augen wässern.
Agamemnon.
Weil wir auf lange von einander gehn.
Iphigenie.
Was sagst du? — Liebster Vater, ich verstehe
Dich nicht — ich soll es nicht verstehen!
Agamemnon.
So klug
ist alles, was sie spricht! — Ach! das erbarmt
mich desto mehr!
Iphigenie.
So will ich Thorheit reden,
wenn das dich heiter machen kann.
Agamemnon (vor sich).
Ich werde
mich noch vergessen ——— Ja doch meine Tochter —
ich lobe dich — ich bin mit dir zufrieden.
Iphigenie.
Bleib' lieber bei uns Vater! Bleib' und schenke
dich deinen Kindern!

Agamemnon.

Daß ich's könnte! Ach!
Ich kann es nicht—ich kann nicht, wie ich wünsche—
das ist eben, was mir Kummer macht!

Iphigenie.

Verwünscht sei'n alle Kriege, alle Uebel
die Menelaus auf uns lud!

Agamemnon.

Dein Vater
wird nicht der lezte sein, den sie verderben.

Iphigenie.

Wie lang' ist's nicht schon, daß du, fern von uns,
in Aulis Busen müßig liegst!

Agamemnon.

Und auch
noch jezt sezt sich der Abfahrt meiner Flotte
ein Hinderniß entgegen!

Iphigenie.

Wo sagt man
daß die Phrygier wohnen Vater?

Agamemnon.

Wo —
Ach! wo der Sohn des Priamus nie hätte
geboren werden sollen!

Iphigenie.

Wie? So weit
schiff'st du von dannen, und verlässest mich?

Agamemnon.

Wie weit es auch sein möge —Du, mein Kind,
wirst immer mit mir gehen!

Iphigenie.
Wäre mir's
anständig, lieber Vater, dir zu folgen,
wie glüklich würd' ich sein!
Agamemnon.
Was für ein Wunsch!
Auch dich erwartet eine Fahrt, wo du
an deinen Vater denken wirst.
Iphigenie.
Reis' ich
allein, mein Vater, oder von der Mutter
begleitet?
Agamemnon.
Du allein. Dich wird kein Vater
begleiten, keine Mutter.
Iphigenie.
Also willst
du in ein fremdes Haus mich bringen lassen?
Agamemnon.
Laß gut sein! Forsche nicht nach Dingen, die
Jungfrauen nicht zu wissen ziemt.
Iphigenie.
Komm du
von Troja uns recht bald und siegreich wieder!
Agamemnon.
Erst muß ich noch ein Opfer hier vollenden.
Iphigenie.
Das ist ein heiliges Geschäft, worüber
du mit den Priestern dich berathen mußt.

Aga-

Agamemnon.

Du wirst's mit ansehn, meine Tochter. Gar
nicht weit vom Lekken wirst du stehn.

Iphigenie.

So werden
wir einen Reigen um den Altar führen?

Agamemnon.

Die Glükliche in ihrer kummerfreien
Unwissenheit! — Geh jezt in's Vorgemach,
den Jungfraun dich zu zeigen.

(sie umarmt ihn).

Eine schwere
Umarmung war das und ein bitt'rer Kuß!
Es ist ein langer Abschied, den wir nehmen.
O Lippen — Busen — blondes Haar! Wie theuer
kommt dieses Troja mir und diese Helena
zu stehen! — Doch genug der Worte — Geh'!
Geh'! Unfreiwillig bricht aus meinen Augen
ein Thränenstrom, da dich mein Arm umschließet.
Geh' in das Zelt. (Iphigenie entfernt sich).

Vierter Auftrit.

Agamemnon. Klytemnestra. Chor.

Agamemnon.

O Tochter Tyndars, wenn
du allzu weich mich fandest, sieh' dem Schmerz
des Vaters nach, der die geliebte Tochter
jezt zu Achillen scheiden sehen soll!

Ich

Ich weiß es. Ihrem Glük geht sie entgegen.
Doch welchen Vater schmerzt es nicht, die er
mit Müh' und Sorgen auferzog, die Lieben,
an einen Fremden hinzugeben!

Klytemnestra.

Mich
soll man so schwach nicht finden. Auch der Mutter
— kommt's nun zur Trennung — wird es Thränen
kosten,
und ohne dein Erinnern — doch die Ordnung
und deiner Tochter Jahre heischen sie.
Laß auf den Bräutigam uns kommen. Wer
er ist, weiß ich bereits. Erzähle mir
von seinen Ahnherrn jezt und seinem Lande.

Agamemnon.

Aegina kennest du, Asopus Tochter.

Klytemnestra.

Wer freite sie, ein Sterblicher, ein Gott?

Agamemnon.

Zevs selbst, dem sie den Aeakus, den Herrscher
Oenopiens gebahr.

Klytemnestra.

Wer folgte diesem
auf seinem Königsthrone nach?

Agamemnon.

Derselbe
der Nereus Tochter freite, Peleus.

Klytem=

Klytemnestra.

Mit der Götter Willen freit' er diese, oder geschah' es wider ihren Rathschluß?

Agamemnon.

Zevs versprach sie, und der Vater führte sie ihm zu.

Klytemnestra.

Wo war die Hochzeit? In des Meeres Wellen?

Agamemnon.

Die Hochzeit war auf dem erhabnen Sizze des Pelion, dem Aufenthalte Chirons.

Klytemnestra.

Wo man erzählt, daß die Centauren wohnen?

Agamemnon.

Dort feierten die Götter Peleus Fest.

Klytemnestra.

Den jungen Sohn — hat ihn der Vater, oder die Göttliche erzogen?

Agamemnon.

Sein Erzieher war Chiron, daß der Bösen Umgang nicht des Knaben Herz verderbe.

Klytemnestra.

Ihn erzog ein weiser Mann! Und weiser noch war der, der einer solchen Aufsicht ihn vertraute.

Agamemnon.

Das ist der Mann, den ich zu deinem Eidam bestimme.

Klytemnestra.
An dem Mann ist nichts zu tadeln.
Und welche Gegend Griechenlands bewohnt er?
Agamemnon.
Die Gränzen von Phthiotis, die der Strom
Apidanus durchfließt, ist seine Heimat.
Klytemnestra.
So weit wird er die Tochter von uns führen?
Agamemnon.
Das überlaß' ich ihm. Sie ist die Seine.
Klytemnestra.
Das Glük begleite sie! — Wann aber soll
der Tag sein?
Agamemnon.
Wenn der segensvolle Kreis
des Mondes wird vollendet sein.
Klytemnestra.
Hast du
das hochzeitliche Opfer für die Jungfrau
der Göttinn schon gebracht?
Agamemnon.
Ich werd' es bringen.
Das Opfer ist es, was uns jezt beschäftigt.
Klytemnestra.
Ein Hochzeitmal gibst du doch auch?
Agamemnon.
Wenn erst
die Himmlischen ihr Opfer haben werden.
Kly-

Klytemnestra.
Wo aber gibst du dieses Mal den Frauen?
Agamemnon.
Hier bei den Schiffen.
Klytemnestra.
Wohl. Es läßt sich anders
nicht thun. Ich seh's. Ich muß mich drein ergeben.
Agamemnon.
Jezt aber höre, was von dir dabei
verlangt wird — Doch, daß du mir ja willfahrest!
Klytemnestra.
Sag' an, du weißt, wie gern ich dir gehorche.
Agamemnon.
Ich freilich kann mich an dem Orte, wo
der Bräutigam ist, finden lassen —
Klytemnestra.
Was?
Ich will nicht hoffen, daß man ohne mich
vollziehen wird, was nur der Mutter ziemet.
Agamemnon.
Im Angesicht des ganzen griech'schen Lagers
geb' ich dem Sohn des Peleus deine Tochter.
Klytemnestra.
Und wo soll dann die Mutter sein?
Agamemnon.
Nach Argos
zurükkekehren soll die Mutter — dort
die Aufsicht führen über ihre Kinder.

Klytem-

Klytemneſtra.
Nach Argos? Und die Tochter hier verlaſſen?
Und wer wird dann die Hochzeitfakkel tragen?
Agamemnon.
Der Vater wird ſie tragen.
Klytemneſtra.
Nein, das geht nicht!
Du weißt, daß dir die Sitten dieß verbieten.
Agamemnon.
Daß ſie der Frau verbieten, in's Gewühl
von Kriegern ſich zu mengen, weiß ich.
Klytemneſtra.
Es heiſcht die Sitte, daß aus Mutterhänden
die Braut der Bräutigam empfange.
Agamemnon.
Sie heiſcht, daß deine andern Töchter in
Myzen der Mutter länger nicht entbehren.
Klytemneſtra.
Wohl aufgehoben und verwahrt ſind die
in ihrem Frauenſaal.
Agamemnon.
Ich will Gehorſam.
Klytemneſtra.
Nein!
Bei Argos königlicher Göttinn! Nein!
Du haſt dich weggemacht in's Ausland! Dort
mach' dir zu thun! Mich laß im Hauſe walten,
und meine Töchter wie ſich's ziemt vermählen.
(ſie geht ab).

Agamemnon (allein).

Ach! zu entfernen hofft' ich sie! — Ich habe
umsonst gehofft. Umsonst bin ich gekommen.
So häuff' ich Trug auf Trug, berücke die,
die auf der Welt das Theuerste mir sind,
durch schnöde List und alles spottet meiner!
Nun will ich gehn und was der Göttinn wohl
gefällt und mir so wenig Segen bringet,
und allen Griechen so belastend ist,
vom Seher Kalchas näher auskundschaften.
Wer's aber mit sich selbst gut meint, der nehme
ja eine Gattinn, die gefällig ist
und sanften Herzens — oder lieber keine!

(er geht ab).

Dritte Zwischenhandlung.

Chor.
Strophe.

Sie sehen des Simois silberne Strudel,
der griechischen Schiffe versammelte Macht;
mit dem Geräthe zur blutigen Schlacht
betreten sie Phöbus heilige Erde,
wo Kassandra mit wilder Gebärde
die Schläfe mit grünendem Lorbeer umlaubt,
das goldene Haar, wie die Sagen erzählen,
wallen läßt um das begeisterte Haupt,
wenn die Triebe des Gottes sie wechselnd beseelen.

Gegen=

Gegenstrophe.
Sie rennen auf die Mauern!
Sie steigen auf die Burg!
Sie erblikken mit Schauern,
hoch herunter von Pergamus Burg,
den unsre schnellen Schiffe brachten,
den fürchterlichen Gott der Schlachten,
der, in tönendes Erzt eingekleidet,
sich um den Simois zahllos verbreitet,
Helenen, die Schwester des himmlischen Paars
unter den Lanzen und krieg'rischen Schilden
heimzuführen nach Spart's Gefilden.

Epode.
Einen Wald von eh'rnen Lanzen
seh' ich sie um deine Felsenthürme pflanzen,
Stadt der Phryger, hohe Pergamus!
Deiner Männer Häupter, deiner Frauen
unerbittlich von dem Nakken hauen,
Leichen über Leichen häufen,
deine stolze Veste schleifen,
unglüksvolle Pergamus!
Da wird's Thränen kosten deinen Bräuten
und der Gattinn Priamus!
Wie wird nach dem geflohenen Gemahl
die Tochter Jovis jezt zurükke weinen!
Ihr Götter! solche Angst und Quaal,
entfernet sie von mir und von den Meinen!
Wie wird die reiche Lydierinn

Iphigenie in Aulis.

den Busen jammernd schlagen,
und wird's der stolzen Phrygerinn
am Webestuhle klagen!
 Ach! wenn nun die Sagen schallen,
 daß die hohe Stadt gefallen,
  die die Wehre meiner Heimat war!
 Wer, wenn es herum erschollen,
 schneidet wohl der Thränenvollen
  von dem Haupt das schöne gekämmte Haar?
Helene! die der hochgebalste Schwan
gezeuget — das hast du gethan!
Sei's nun, daß in einem Vogel
Leda, wie die Sage gieng,
Zeus verwandelte Gestalt umfieng,
Sei's, daß eine Fabel aus dem Munde
der Kamönen sehr zur schlimmen Stunde
das Geschlecht der Menschen hintergieng!

Vierter Aufzug.

Erster Auftrit.

Achilles. Der Chor.

Achilles.

Wo find' ich hier den Feldherrn der Achiver?
 (zu einigen Sklaven)
Wer von euch sagt ihm, daß Achill ihn hier
vor dem Gezelt erwalte? — Müßig liegt

an des Euripus Mündung nun das Heer;
ein jeder freilich nimmt's auf seine Weise.
Der, noch durch Hymens Bande nicht gebunden,
ließ öde Wände nur zurük und weilet
geruhig hier an Aulis Strand. Ein andrer
entwich von Weib und Kindern. So gewaltig
ist diese Kriegeslust, die zu dem Zug
nach Ilion ganz Hellas aufgeboten,
nicht ohne eines Gottes Hand! — Nun will ich,
was mich angeht, zur Sprache kommen lassen,
wer sonst was vorzubringen hat, verfecht'
es für sich selbst! — Ich habe Pharsalus
verlassen und den Vater. — Wie? Etwa,
daß des Euripus schwache Winde mich
an diesem Strand verweilen? Kaum geschweig'
ich meine Myrmidonen, die mich fort
und fort bestürmen — „Worauf warten wir
denn noch Achill? Wie lang' wird noch gezaudert,
bis wir nach Troja unter Segel gehn?
Willst du was thun, so thu es bald, sonst führ'
uns lieber wieder heim, anstatt noch länger
ein Spiel zu sein der zögernden Atriden".

Zweiter Auftrit.
Klytemnestra zu den Vorigen.
Klytemnestra.

Glorwürd'ger Sohn der Thetis! Deine Stimme
vernahm ich drinnen im Gezelt, drum komm' ich
heraus und dir entgegen —

Achilles (betroffen).

Heilige Schamhaftigkeit! — Ein Weib — von diesem Anstand —

Klytemneſtra.

Kein Wunder, daß Achill mich nicht erkennet,
der mich vordem noch nie geſehn — Doch Dank ihm,
daß ihn der Scham Geſezze heilig ſind!

Achilles.

Wer biſt du aber? Sprich! Was führte dich
in's griech'ſche Lager, wo man Männer nur
und Waffen ſieht?

Klytemneſtra.

Ich bin der Leda Tochter,
und Klytemneſtra heiß' ich. Mein Gemahl
iſt König Agamemnon.

Achilles.

Viel und genug
mit wenig Worten! Ich entferne mich.
Nicht wohlanſtändig wäre mir's, mit Frauen
Geſpräch zu wechſeln.

Klytemneſtra.

Bleib. Was flieheſt du?
Laß, deine Hand in meine Hand gelegt,
daß neue Bündniß glüklich uns beginnen.

Achilles.

Ich dir die Hand? Was ſagſt du Königinn?
Zu ſehr verehr' ich Agamemnons Haupt,

als

als daß ich wagen sollte, zu berühren,
was mir nicht ziemt.
    Klytemnestra.
    Warum dir nicht geziemen,
da du mit meiner Tochter dich vermählest?
    Achilles.
Vermählen — Warlich — Ich bin voll Erstaunen —
Doch nein, du redest so, weil du dich irrest.
    Klytemnestra.
Auch dieß Erstaunen find' ich sehr begreiflich.
Uns alle pflegt — ich weiß nicht welche — Scheu
beim Anblik neuer Freunde anzuwandeln,
wenn sie von Heurath sprechen sonderlich.
    Achilles.
Nie, Königinn, hab' ich um deine Tochter
gefreit — und nie ist zwischen den Atriden
und mir ein solches unterhandelt worden.
    Klytemnestra.
Was für ein Irrthum muß hier sein? Gewiß,
wenn meine Rede dich bestürzt, so sezt
die deine mich nicht minder in Erstaunen.
    Achilles.
Denk nach, wie das zusammenhängt! Dir muß
wie mir, dran liegen es herauszubringen.
Vielleicht, daß wir nicht beide uns betrügen.
    Klytemnestra.
O der unwürdigen Begegnung! — Eine
Vermählung, fürcht ich, läßt man mich hier stiften,
die nie sein wird und nie hat werden sollen.

Achilles.

Ein Scherz vielleicht
den jemand mit uns beiden treibt! Nimm's nicht
zu Herzen edle Frau. Veracht' es lieber.
Klytemnestra.
Leb' wohl. In deine Augen kann ich ferner
nicht schaun, da ich zur Lügnerinn geworden,
da ich erniedrigt worden bin.
Achilles.
Mich laß
vielmehr so reden! — Doch ich geh' hinein,
den König, deinen Gatten, aufzusuchen.
(wie er auf das Zelt zugeht, wird es geöfnet).

Dritter Auftrit.
Der alte Sklave zu den Vorigen.
Sklave.
(in der Thüre des Gezelts).
Halt Aeazide! Göttinnsohn, mit dir
und auch mit dieser hier hab' ich zu reden.
Achilles.
Wer reißt die Pforten auf und ruft — Er ruft
wie außer sich
Sklave.
Ein Knecht. Ein armer Name,
der mir den Dünkel wohl vergehen läßt,
mich —
Achilles.
Wessen Knecht? Er ist nicht mein, der Mensch.
Ich habe nichts gemein mit Agamemnon.

Sklave.

Des Hauses Knecht, vor dem ich stehe. Innbar,
(auf Klytemnestra zeigend).
Ihr Vater hat mich drein gestiftet.

Achilles.

Nun!
Wir stehn und warten. Sprich, was dich bewog,
mich aufzuhalten.

Sklave.

Ist kein Zeuge weiter
vor diesen Thoren? Seid ihr ganz allein?

Klytemnestra.

So gut als ganz allein. Sprich dreist — erst aber
verlaß das Königszelt und komm hervor.

Sklave (kommt heraus).

Jezt, Glük und meine Vorsicht, helft mir die
erretten, die ich gern erretten möchte!

Achilles.

Er spricht von etwas, das noch kommen soll,
und von Bedeutung scheint mir seine Rede.

Klytemnestra.

Verschieb's nicht länger, ich beschwöre dich,
mir, was ich wissen soll, zu offenbaren.

Sklave.

Ist dir bekannt, was für ein Mann ich bin,
und wie ergeben ich dir stets gewesen,
dir und den Deinigen?

Klytem=

Klytemneſtra.

Ich weiß, du biſt ein alter Diener ſchon von meinem Hauſe.

Sklave.

Daß ich ein Theil des Heuraths gutes war, das du dem König zugebracht — Iſt dir das noch erinnerlich?

Klytemneſtra.

Recht gut. Nach Argos bracht' ich dich mit, wo du mir ſtets gedienet.

Sklave.

So iſt's. Drum war ich dir auch jederzeit getreuer zugethan als ihm.

Klytemneſtra.

Zur Sache. Heraus mit dem, was du zu ſagen haſt.

Sklave.

Der Vater will — mit eigner Hand will er — — das Kind ermorden, das du ihm gebohren.

Klytemneſtra.

Was? Wie — Entſezlich! — Menſch! du biſt von Sinnen.

Sklave.

Den weißen Nakken der Bejammernswerthen will er mit mörderiſchem Eiſen ſchlagen.

Klytemneſtra.

Ich Unglükſeligſte! — Raſ't mein Gemahl!

Sklave.

Sehr bei ſich ſelbſt iſt er — Nur gegen dich und gegen deine Tochter mag er raſen.

Alytemneſtra.

Warum? Welch böſer Dämon gibt's ihm ein?

Sklave.

Ein Götterſpruch, der nur um dieſen Preis,
wie Kalchas will, den Griechen freie Fahrt
verſichert.

Alytemneſtra.

Fahrt! Wohin? — Beweinenswerthe Mutter!
Beweinenswürdigeres Kind, das in
dem Vater ſeinen Henker finden ſoll!

Sklave.

Die Fahrt nach Ilion, Helenen heim
zu holen.

Alytemneſtra.

Daß Helene wiederkehre
ſtirbt Iphigenie?

Sklave.

Du weißt's. Dianen
will Agamemnon ſie zum Opfer ſchlachten.

Alytemneſtra.

Und dieſe vorgegebene Vermählung,
die mich von Argos rief — Wozu denn die?

Sklave.

Daß du ſo minder ſäumteſt, ſie zu bringen,
im Wahn, ſie ihrer Hochzeit zuzuführen.

Alytemneſtra.

O Kind! Zum Tode kameſt du. Wir kamen
zum Tode!

Sklave.

Sklave.

Ja, bejammernswürdig, schrecklich ist euer Schiksal. Schrekliches begann der König.

Klytemnestra.

Weh mir! Weh! Ich bin verloren. Ich kann nicht mehr. Ich halte meine Thränen nicht mehr.

Sklave.

Ein armer, armer Trost sind Thränen für eine Mutter, der die Tochter stirbt!

Klytemnestra.

Sprich aber: Woher weißt du das? Durch wen?

Sklave.

Ein zweiter Brief ward mir an dich gegeben.

Klytemnestra.

Mich abzumahnen oder anzutreiben, daß ich die Tochter dem Verderben brächte?

Sklave.

Dir abzurathen, daß du sie n i c h t brächtest. Der Herr war Vater wiederum geworden.

Klytemnestra.

Unglüklicher! Warum mir diesen Brief nicht überliefern?

Sklave.

Menelaus fieng ihn auf. Ihm dankst du alles was du leidest. (er geht ab).

Klytem=

Klytemnestra.
(wendet sich an Achilles).
Sohn Peleus! Sohn der Thetis! Hörst du es?
Achilles.
Bejammernswerthe Mutter! — — Aber mich
hat man nicht ungestraft mißbraucht.
Klytemnestra.
Mit dir
vermählen sie mein Kind um es zu würgen!
Achilles.
Ich bin entrüstet über Agamemnon,
und nicht so leicht werd' ich es hingehn lassen.
Klytemnestra.
(fällt ihm zu Füßen).
Und ich erröthe nicht, mich vor dir nieder
zu werfen, ich, die Sterbliche, vor dir,
den eine Himmlische gebahr. Weg eitler Stolz!
Kann sich die Mutter für ihr Kind entehren?
O Sohn der Göttinn! Hab' Erbarmen mit
der Mutter, mit der Unglükseligen Erbarmen,
die deiner Gattinn Namen schon getragen!
Mit Unrecht trug sie ihn! Doch hab' ich sie
als deine Braut hieher geführt, dir hab' ich
mit Blumen sie geschmükket — Ach! ein Opfer
hab' ich geschmükt, ein Opfer hergeführt!
O! das wär schändlich, wenn du sie verließest:
War sie durch Hymens Bande gleich die Deine
noch nicht — Du wardst als der geliebteste
Gemahl

Gemahl der Unglükseligen schon gepriesen!
Bei dieser Wange, dieser Rechte, bei
dem Leben deiner Mutter sei beschworen!
Verlaß uns nicht! Dein Name ist's, der uns
in's Elend stürzt — Drum rette du uns wieder.
Dein Knie, o Sohn der Göttinn! ist der einz'ge
Altar, zu dem ich Aermste fliehen kann.
Hier lächelt mir kein Freund. Du hast gehört,
was Agamemnon gräßliches beschlossen.
Da steh ich unter rohem Volk — ein Weib,
und unter wilden, meisterlosen Banden
zu jedem Bubenstük bereit — auch brav,
gewiß recht brav und werth, sobald sie mögen!
Versichre du uns deines Schuzzes, und
gerettet sind wir! Ohne dich verloren.
Chor.
Gewaltsam ist der Zwang des Bluts! Mit Quaal
gebiert das Weib, und quält sich fürs Gebohrne!
Achilles.
Mein großes Herz kam deinem Wunsch entgegen.
Es weiß zu trauern mit dem Gram und sich
des Glüks zu freuen mit Enthaltsamkeit.
Chor.
Die Klugheit sich zur Führerinn zu wählen,
das ist es, was den Weisen macht!
Achilles.
Es kommen Fälle vor im Menschenleben,
wo's Weisheit ist, nicht allzu weise sein,

es kommen andre, wo nichts schöner kleidet,
als Mäßigung. Geraden Sinn schöpft' ich
in Chirons Schule, des Vortreflichen.
Wo sie gerechtes mir befehlen, finden
gehorsam die Atriden mich, die Stirne
von Erzt, wo sie unbilliges gebieten.
Frei kam ich her, frei will ich Troja sehn,
und den Achiverkrieg, was an mir ist,
mit meines Armes Heldenthaten zieren.
Du jammerst mich. Zu viel erleidest du
von dem Gemahl, von Menschen deines Blutes.
Was diesem jungen Arme möglich ist,
erwart's von mir! — Er soll dein Kind nicht
schlachten.
An eine Jungfrau, die man mein genannt,
soll kein Atride Mörderhände legen.
Es soll ihm nicht so hingehn, meines Namens
zu seinem Mord mißbraucht zu haben!
Mein Name, der kein Eisen aufgehoben,
mein Name wär' der Mörder deiner Tochter,
und Er, der Vater, hätte sie erschlagen.
Doch theilen würd' ich seines Mordes Fluch,
wenn meine Hochzeit auf den Vorwand nur
gegeben hätte, so unwürdig, so
unmenschlich, ungeheuer, unerhört
die unschuldsvolle Jungfrau zu mißhandeln.
Der Griechen lezter müßt' ich sein, der Menschen
verächtlichster, ja hassenswerther selbst
als

als Menelaus müßt'. ich sein. Mir hätte
nicht Thetis, der Erinnen eine hätte
das Leben mir gegeben, wenn ich mich
des Königs Mordbegier zum Werkzeug borgte.
Nein bei des Meerbewohners Haupt, bei'm Vater
der Göttlichen, die mich zur Welt gebohren!
Er soll sie nicht berühren — nicht ihr Kleid
mit seines Fingers Spizze nur berühren.
Eh' dieß geschiehet, decke ewige
Vergessenheit mein Phthia, mein Geburtsland,
wenn der Atriden Stammplaz, Sipylus,
im Ohr der Nachwelt unvergänglich lebet.
Es mag der Seher Kalchas das Geräthe
zum Opfer nur zurücke tragen — Seher?
Was heißt ein Seher? — der auf gutes Glük
für eine Wahrheit zehen Lügen sagt.
Geräth es? Gut. Wo nicht, ihm geht es hin.
Es gibt der Jungfraun Tausende, die mich
zum Gatten möchten — Davon ist auch jezt
die Rede nicht! Beschimpft hat mich der König.
In meinen Willen hätt' er's stellen sollen;
ob mir's gefiele, um sein Kind zu frein?
Gern' und mit Freuden würde Klytemnestra
in dieses Bündniß eingewilligt haben.
Und hätte Griechenland aus meinen Händen
alsdann zum Opfer sie verlangt, ich würde
sie meinen Kriegsgenossen, würde sie
dem Wohl der Griechen nicht verweigert haben.

So

So aber gelt' ich nichts vor den Atriden,
nichts, wo was Großes soll verhandelt werden.
Doch dürfte, eh' wir Ilion noch sehn,
dieß Schwert von Blut und Menschenmorde triefen,
wenn man's versuchte, mir sie zu entreissen.
Sei du getrost. Ein Gott erschien ich dir.
Ich bin kein Gott. Dir aber will ich's werden.
Chor.
An dieser Sprache kennt man dich, Achill,
und die Erhabene, die dich gebohren.
Klytemnestra.
O Herrlichster, wie stell ich's an, wie muß
ich reden, um zu sparsam nicht zu sein
in deinem Preis, und deine Gunst auch nicht
durch mein ausschweifend Rühmen zu verscherzen.
Zu vieles Loben, weiß ich wohl, macht dem,
der edel denkt, den Lober nur zuwider.
Doch schäm ich mich mit ew'ger Jammerklage,
mit Leiden, die nur ich empfinde, dich,
den Glüklichen, den Fremdling zu ermüden.
Doch Fremdling oder nicht — wer Leidenden
beispringen kann, wird auch mit ihnen trauern.
Drum hab' mit uns Erbarmen. Unser Schiksal
verdient Erbarmen. Meine Hofnung war
dich Sohn zu nennen — ach sie war vergebens!
Auch schrekt vielleicht dein künftig Ehebette
mein sterbend Kind mit schwarzer Vorbedeutung,
und du wirst eilen, sie zu fliehn! Doch nein,

was

was du gesagt, war alles wohl gesprochen,
und willst du nur, so lebt mein Kind. Soll sie
etwa selbst flehend deine Knie umfassen?
So wenig dieß der Jungfrau ziemt, gefällt
es dir, so mag sie kommen, züchtiglich,
das Aug' mit edler Freiheit aufgeschlagen.
Wo nicht, so laß an ihrer Statt mich der
Gewährung süßes Wort von dir vernehmen.

Achilles.

Die Jungfrau bleibe, wo sie ist. Daß sie
verschämt ist, bringt ihr Ehre.

Klytemnestra.

Auch verschämt sein
hat sein gehörig Maas und seine Stunde.

Achilles.

Ich will es nicht. Ich will nicht, daß du sie
vor meine Augen bringest, und wir beide
boshaftem Tadel preiß gegeben werden.
Ein zahlreich Heer, der heimatlichen Sorgen
entschlagen, trägt sich gar zu gern, das kenn' ich,
mit häm'schen, ehrenrührigen Gerüchten.
Und mög't ihr flehend oder nicht vor mir
erscheinen, ihr erhaltet weder mehr
noch minder — denn beschlossen ist's bei mir,
kost's was es wolle, euer Leid zu enden.
Das laß dir gnügen. Glaub', ich rede ernstlich.
Und sterben mög' ich, hab' ich deine Hofnung
mit eitler Rede nur getäuscht. Rett' ich
die Jungfrau — nein, da werd' ich leben.

Klytemneſtra.
Und rette immer Leidende!
Achilles.
Nun höre,
wie wir's am beſten einzurichten haben.
Klytemneſtra.
Laß hören. Dir gehorch' ich gern.
Achilles.
Zuvor erſt
muß man es mit dem Vater noch verſuchen.
Klytemneſtra.
Ach, der iſt feig und zittert vor der Menge!
Achilles.
Vernünft'ge Gründe können viel.
Klytemneſtra.
Ich hoffe nichts. Doch ſprich, was muß ich thun?
Achilles.
Fall' ihm zu Füßen! Fleh' ihn an, daß er
ſein Kind nicht tödte! Bleibt er unerbittlich,
dann komm zu mir! — Erweichſt du ihn, noch beſſer.
Dann braucht es meines Armes nicht, die Jungfrau
bleibt leben, ich erhalte mir den Freund,
auch bei dem Heer vermeid' ich Tadel, hab' ich
durch Gründe mehr als durch Gewalt geſtritten.
Und ſo wird alles glüklich abgethan,
zu deinem und der Freunde Wohlgefallen,
und meines Armes braucht es nicht.

E   **Kly-**

Klytemnestra.

Du räthst
verständig. Es geschehe, wie du meinest.
Mißlingt mir's aber — wo seh' ich dich wieder?
Wo find' ich die Aermste diesen Heldenarm,
die lezte Stüzze noch in meinem Leiden?
Achilles.

Wo's meiner Gegenwart bedarf, werd' ich
dir nahe sein, und dir's ersparen, vor
dem Heer der Griechen dich und deine Ahnherr'n
durch Jammer zu erniedrigen. So tief
herunter müßte Tyndars Blut nicht sinken:
— ein großer Name in der Griechen Land!
Klytemnestra.
Wie dir's gefällt. Ich unterwerfe mich.
Und, gibt es Götter, Treflichster! Dir muß
es wohl ergehn! Gibt's keine — Warum leid' ich?
(Achilles und Klytemnestra gehen ab).

Vierte Zwischenhandlung.
Chor.

Wie lieblich erklang
der Hochzeitgesang,
Den zu der Zitter tanzlüstigen Tönen,
zur Schalmei und zum libischen Rohr,
sang der Kamönen
versammelter Chor
auf Peleus Hochzeit und Thetis der Schönen!
Wo die Becher des Nektars erklangen

auf

auf des Pelion wolkichten Kranz,
kamen die zierlich gelokten und schwangen
goldene Solen im flüchtigen Tanz.
Mit dem melodischen Jubel der Lieder
feierten sie der Verbundenen Glük.
Der Berg der Centauren hallte sie wieder,
Pelions Wald gab sie schmetternd zurük.
Unter den Freuden des festlichen Mahls
schöpfte des Nektars himmlische Gabe
Jovis Liebling, der phrygische Knabe
in die Bäuche der goldnen Pokals.
Fünfzig Schwestern der Göttlichen hüpften
lustig daneben im glänzenden Band,
tanzten den Hochzeitreigen, und knüpften
reizende Ring' mit verschlungener Hand.

Gegenstrophe.

Grünen Kronen in dem Haar,
und mit fichtenem Geschosse,
Menschen oben, unten Rosse,
kam auch der Centauren Schar,
angelokt von Bromius Pokale
kamen sie zum Göttermahle.
Heil dir, hohe Nereide!
sang mit lautem Jubelliede
der Thessalierinnen Chor,
Heil dir! sang der Mädchen Chor.
Heil dir! Heil dem schönen Sterne,
das aus deinem Schooß ersteht!

Und Apoll, der in die Ferne
der verborgnen Zukunft späht,
und der auf den unbekannten
Stamm der Musen sich versteht,
Chiron der Centaure — nannten
beide schon mit Nahmen ihn,
der zu Priams Königsitze
kommen würde an der Spitze
seiner Myrmidonenscharen
in des Speeres Wurf erfahren,
wüten dort mit Mord und Brand
in des Räubers Vaterland —
auch die Rüstung, die er würde tragen,
künstlich von Hephästos Hand
aus gediegnem Gold geschlagen,
ein Geschenk der Seligen,
die den Seligen empfangen.
So ward von den Himmlischen
Thetis Hochzeitfest begangen!

Epode.

Dir, Agamemnons thränenwerthem Kinde,
nicht bei der Hirten Feldgesang
erzogen, und der Pfeife Klang,
still aufgeblüht im mütterlichen Schoos,
dem Tapfersten der Jnachiden
dereinst zur süßen Braut beschieden,
dir, Arme, fällt ein ander Loos!
Dir flechten einen Kranz von Blüthen

Die

die Griechen in das schöngelokte Haar.
Gleich einem Rinde, das der wilde Berg gebahr,
das, unberührt vom Joch, aus Felsenhöhlen,
unfern dem Meer, gestiegen war,
wird dich der Opferstahl entseelen.
Dann rettet dich nicht deine Jugend,
nicht das Erröthen der verschämten Tugend,
nicht deine reizende Gestalt!
Das Laster herrscht mit siegender Gewalt.
Es spricht mit frechem Angesichte
den heiligen Gesezzen Hohn.
Die Tugend ist aus dieser Welt geflohn,
und dem Geschlecht der Menschen drohn
nicht ferne mehr die göttlichen Gerichte.

Fünfter Aufzug.

Erster Auftrit.

Klytemnestra kommt. Der Chor.

Klytemnestra.

Ich komme, meinen Gatten aufzusuchen,
noch immer bleibt er aus, es ist schon lange,
daß er das Zelt verließ — und drinnen weint
und jammert die Unglükliche, nun sie
erfuhr, was für ein Schiksal sie erwartet.
Er nähert sich, den ich genannt. Der ist's,
das ist der Agamemnon, den man bald
verrucht wird handeln sehn an seinen Kindern.

Zweiter Auftrit.
Agamemnon. Vorige.

Agamemnon.

Gut, Klytemnestra, daß ich außerhalb
des Zelts dich treffe und allein. Ich habe
mich über Dinge mit dir zu besprechen,
die einer Jungfrau, die bald Braut sein wird,
nicht wohl zu hören ziemt.

Klytemnestra.

Und was ist das
wozu die Zeit sich dir so günstig zeiget?

Agamemnon.

Laß deine Tochter mit mir gehen! — Alles
ist in Bereitschaft, das geweihte Wasser,
das Opfermahl, das heil'ge Feu'r, die Rinder,
die vor der Hochzeit am Altar Dianens,
in schwarzem Blute röchelnd, fallen sollen.

Klytemnestra.

Gut redest du. Daß ich von deinem Thun
ein Gleiches rühmen könnte! — Aber komm'
du selbst heraus mein Kind!
(sie geht und öfnet die Thür des Gezelts)
Was dieser da
mit dir beschlossen hat, weißt du ausführlich.
Nimm unter deinem Mantel auch den Bruder
Orestes mit dir.
(zu Agamemn. indem Iphigenie heraustrit)
Sieh'.

Sieh'. Da ist sie, deine
Befehle zu vernehmen. Was noch sonst
für sie und mich zu sagen übrig bleibt,
werd' ich hinzuzusezzen wissen.

Dritter Auftrit.

**Iphigenie mit dem kleinen Orestes
zu den Vorigen.**

Agamemnon.

Was ist dir Iphigenie? — — — Du weinst?
Du siehst nicht heiter aus — du schlägst die Augen
zu Boden und verbirgst dich in den Schleier?

Iphigenie.

Ich Unglükselige! Wo fang' ich an?
Bei welchem unter allen meinen Leiden?
Verzweiflung, wo ich nur beginnen mag,

Agamemnon. Was ist das?
Hat alles hier zusammen sich verstanden,
mich zu bestürzen — Kind und Mutter auffer sich
und Unruh' im Gesichte —

Klytemnestra. Mein Gemahl,
antworte mir auf das, was ich dich frage,
aufrichtig aber!

Agamemnon.
Braucht's dazu Ermahnung?
Zur Sache.

Kly=

Klytemneſtra.

Iſt's an dem — willſt du ſie wirklich
ermorden, deine Tochter und die meine?

Agamemnon. (fährt auf).

Unglückliche! Was für ein Wort haſt du geſprochen!
Was argwöhnſt du? — Du ſollſt es nicht!

Klytemneſtra.

Antworte
auf meine Frage.

Agamemnon.

Frage was ſich ziemt,
ſo kann ich dir antworten, wie ſich's ziemet.

Klytemneſtra.

So frag' ich. Sage du mir nur nichts anders.

Agamemnon.

Furchtbare Göttinnen des Glücks und Schickſals
und du mein böſer Genius!

Klytemneſtra.

Und meiner —
und dieſer hier! Ihn theilen drei Elende!

Agamemnon.

Worüber klagſt du?

Klytemneſtra.

Dieſes fragſt du noch?
O dieſer Liſt gebricht es an Verſtande.

Agamemnon.

Ich bin verloren. Alles iſt verrathen.

Klytemneſtra.

Ja, alles iſt verrathen. Alles weiß ich
und alles hört' ich, was du uns bereiteſt.

Dieß Schweigen, dieses Stöhnen ist Beweises
genug. Das Reden magst du dir ersparen.
Agamemnon.
Ich schweige. Reden was nicht wahr ist, hieße
mein Elend'auch durch Frechheit noch erschweren.
Klytemnestra.
Gib mir Gehör. Die räthselhafte Sprache.
bei Seit'. Ich will jezt offen mit dir reden.
Erst drängst du dich, das sei mein erster Vorwurf,
gewaltsam mir zum Gatten auf, entführtest
mich räuberisch, nachdem du meinen ersten
Gemahl erschlagen, Tantalus, — den Säugling
von seiner Mutter Brust gerissen, mit
grausamem Wurf am Boden ihn zerschmettert.
Als meine Brüder drauf, die Söhne Zevs,
Die Herrlichen mit Krieg dich überzogen,
entriß dich Tyndar, unser Vater, den
du knieend flehtest, ihrem Zorn, und gab
die Rechte meines Gatten dir zurükke.
Seit diesem Tag — kannst du es anders sagen?
fand'st du in mir die lenksamste der Frauen,
im Hause fromm, im Ehebette keusch,
untadelhaft im Wandel. Sichtbar wuchs
der Segen deines Hauses — Lust und Freude,
wenn du hineintratst! Wenn du öffentlich
erschienst, der frohe Zuruf aller Menschen!
Solch eine Eh'genossinn zu erjagen,
ist wenigen bescheert. Desto gemeiner sind

die

die schlimmen! Ich gebåhre dir drei Töchter
und diesen Sohn — und dieser Töchter eine
willst du jezt so unmenschlich mir entreissen!
Fragt man, warum sie sterben soll — was kannst du
hierauf zur Antwort geben? Sprich! Soll ich's
in deinem Namen thun? Daß Menelaus
Helenen wieder habe, soll sie sterben!
O treflich! Deine Kinder also sind
der Preiß für eine Buhlerinn! Und mit
dem Theuersten, das wir besizzen, wird
das Hassenswürdigste erkauft! — Wenn du
nun fort sein wirst nach Troja, lange, lange,
ich im Pallast indessen einsam sizze,
leer die Gemächer der Gestorbenen,
und alle jungfräulichen Zimmer öde,
wie glaubst du, daß mir da zu Muth sein werde?
Wenn ungetroknet, unversiegend um
die Todte meine Thränen rinnen, wenn
ich ewig, ewig um sie jamm're. „Er,
der dir ' Leben gäb, gab dir den Tod!
Er selbst, kein and'rer, er mit eig'nen Händen!"
Sieh' zu, daß dir von deinen andern Töchtern,
von ihrer Mutter, wenn du wiederkehrst,
nicht ein Empfang dereinst bereitet werde,
der solcher Thaten würdig ist. O um
der Götter willen! Zwinge mich nicht, schlimm
an dir zu handeln! Handle du nicht so
an uns! — Du willst sie schlachten! Wie? Und welche

Gebethe

Gebethe willst du dann zum Himmel richten?
Was willst du, rauchend von der Tochter Blut,
von ihm erflehn? Fürchterliche Heimkehr
von einem schimpflich angetret'nen Zuge!
Werd' ich für dich um Segen flehen dürfen?
Um Segen für den Kindermörder flehn,
das hieße, Göttern die Vernunft abläugnen!
Und sei's, daß du nach Argos wiederkehrst,
denkst du dann, deine Kinder zu umarmen?
O dieses Recht hast du verscherzt! Wie könnten
sie dem in's Auge sehn, der Eins von Ihnen
mit kaltem Blut erschlug? — Darüber sind
wir einverstanden. — Mußtest du als König,
als Feldherr dich betragen — kam es dir
nicht zu, bei den Achivern erst die Sprache
der Weisheit zu versuchen? „Ihr verlangt
nach Troja, Griechen? Gut. Das Loos entscheide,
weß' Tochter sterben soll!" Das hätte einem
gegolten wie dem andern! Aber nicht,
nicht dir von allen Danaern allein
kam's zu, dein Kind zum Opfer anzubieten!
Da! deinem Menelaus, dem zu Lieb'
ihr streitet, dem hätt' es gebührt, sein Kind,
Hermione, der Mutter aufzuopfern!
Und ich, der immer keusch dein Bett bewahrte,
soll nun der Tochter mich beraubet sehn,
wenn jene Lasterhafte, glücklicher
als ich, nach Sparta heimzieht mit der Ihren!

Bestreit

Bestreit' mich, wenn ich Unrecht habe! Hab'
ich recht — O so geh' in dich! — Bring' sie nicht
um's Leben deine Tochter und die meine.
Chor.
Laß dich erweichen, Agamemnon! Denk',
wie schön es ist, sich seines Bluts erbarmen!
Das wird von allen Menschen eingestanden!
Iphigenie.
Mein Vater, hätt' ich Orpheus Mund, könnt' ich
durch meiner Stimme Zauber Felsen mir
zu folgen zwingen, und durch meine Rede
der Menschen Herzen, wie ich wollte, schmelzen,
jezt würd' ich diese Kunst zu Hülfe rufen.
Doch meine ganze Redekunst sind Thränen,
die hab' ich und die will ich geben! Sieh',
statt eines Zweigs der Flehenden leg' ich
mich selbst zu deinen Füßen — Tödte mich
nicht in der Blüthe! Diese Sonne ist
so lieblich! Zwinge mich nicht, vor der Zeit,
zu sehen, was hierunten ist! — Ich war's
die dich zum erstenmale Vater nannte,
die erste, die du Kind genannt; die erste,
die auf dem väterlichen Schooße spielte,
und Küsse gab, und Küsse dir entlokte.
Da sagtest du zu mir: „O meine Tochter,
werd' ich dich wohl, wie's deiner Herkunft ziemt,
im Hause eines glüklichen Gemahles
einst glüklich und gesegnet sehn?" — Und ich,

an diese Wangen angedrükt, die flehend
jezt meine Hände nur berühren, sprach:
„Werd' ich den alten Vater alsdann auch
in meinem Haus mit süßem Gastrecht ehren,
und meiner Jugend sorgenlose Pflege
dem Greis mit schöner Dankbarkeit belohnen?"
So sprachen wir. Ich hab's recht gut behalten.
Du hast's vergessen, du, und willst mich tödten.
O nein! bei Pelops, deinem Ahnherrn! Nein!
bei deinem Vater Atreus und bei dieser,
die mich mit Schmerzen dir gebahr, und nun
aufs neue diese Schmerzen um mich leidet!
Was geht mich Paris Hochzeit an? Kam er
nach Griechenland mich Arme zu erwürgen?
O gönne mir dein Auge! Gönne mir
nur einen Kuß, wenn auch nicht mehr Erhörung,
daß ich ein Denkmal deiner Liebe doch
mit zu den Todten nehme! Komm, mein Bruder!
Kannst du auch wenig thun für deine Lieben,
hinknien und weinen kannst du doch. Er soll
die Schwester nicht um's Leben bringen, sag' ihm.
Gewiß! Auch Kinder fühlen Jammer nach.
Sieh' Vater! Eine stumme Bitte richtet er
an dich — Laß dich erweichen! Laß mich leben!
Bei deinen Wangen flehen wir dich an,
zwei deiner Lieben, der unmündig noch,
ich eben kaum erwachsen! Soll ich dir's
in ein herzrührend Wort zusammenfassen?

Nichts

Nichts süßers gibt es, als der Sonne Licht
zu schaun! Niemand verlanget nach da unten.
der raset, der den Tod herbeiwünscht! Besser,
in Schande leben, als bewundert sterben!
    Chor.
Dein Wink ist dieß, verderbenbringende
Helene! Deine Lasterthat empöret
die Söhne Atreus gegen ihre Kinder!
    Agamemnon.
Ich weiß, wo Mitleid gut ist, und wo nicht.
Liebt' ich mein eigen Blut nicht, rasen müßt' ich.
Entsezlich ist mirs, solches zu beschließen,
entsezlich mich ihm zu entziehn — Sein muß es.
Seht dort die Flotte Griechenlandes! Seht!
Wie viele Könige in Erzt gewafnet!
Von diesen allen sieht nicht Einer Troja,
und nimmer fällt die Burg des Priamus,
du sterbest denn, wie es der Seher fordert.
Von wütendem Verlangen brennt das Heer,
nach Phrygien die Segel auszuspannen,
und der Achiver Gattinnen auf ewig
von diesen Räubern zu befrei'n. Umsonst,
daß ich dem Götterspruch mich widersezze,
ich — du — und du — und unsre Töchter in
Myzene würden Opfer ihres Grimmes.
Mein Kind! Nicht Menelaus Sklave bin ich.
Nicht Menelaus ist's, der aus mir handelt.
Dein Vaterland will deinen Tod — ihm muß ich,
         gern

gern oder ungern, dich zum Opfer geben.
Das Vaterland geht vor! — die Griechen frei
zu machen, Kind, die Frauen Griechenlandes,
was an uns ist, vor räubrischen Barbaren
zu schüzzen — das ist deine Pflicht und meine!
(er geht ab).

Vierter Auftrit.
Klytemnestra. Iphigenie. Der Chor.
Klytemnestra.
Er geht! Er flieht dich! — Tochter — Fremdlinge —
Er flieht! — Ich Unglükselige! Sie stirbt!
Er hat sein Kind dem Orkus hingegeben!
Iphigenie.
O weh' mir! — Mutter! Mutter! Gleiches Leid
berechtigt mich zu gleicher Jammerklage!
Kein Licht soll ich mehr schauen! Keine Sonne
mehr scheinen sehn! — O Wälder Phrygiens!
Und du, von dem er einst den Namen trug,
erhab'ner Ida, wo den zarten Sohn,
der Mutter Brust entrissen, Priamus
zu grausenvollem Tode hingeworfen!
O hätt' er's nimmermehr gethan! den Hirten
der Rinder, diesen Paris, nimmermehr
am klaren Wasser hingeworfen, wo
durch grüne, blüthenvolle Wiesen, reich
beblümt mit Rosen, würdig von Göttinnen
gepflükt zu werden, und mit Hyazinthen,

der

der Nimphen Silberquelle rauscht — wohin,
mit Hermes, Zevs geflügeltem Gesandten,
zu ihres Streits unseliger Entscheidung,
Athene kam, auf ihre Lanze stolz,
und stolz auf ihre Reize Cypria
die Schlaue, und Saturnia die Hohe
auf Jovis königliches Bette stolz!
O dieser Streit führt Griechenland zum Ruhme,
Jungfrauen, mich führt er zum Tod!
Chor.
Du fällst
für Ilion Dianens erstes Opfer.
Iphigenie.
Und er — o meine Mutter — Er, der mir
das jammervolle Leben gab, er flieht!
Er meidet sein verrathnes Kind! Weh' mir,
daß meine Augen sie gesehen haben,
die traurige Verderberinn! Ihr muß
ich sterben — unnatürlich muß ich sterben,
durch eines Vaters frevelhaften Stahl!
O Aulis, hättest du der Griechen Schiffe
in deinem Hafen nie empfangen! Hätte
ein günst'ger Wind nach Troja sie beflügelt,
kein Zevs hier am Euripus sie verweilt!
Ach! er verleiht die Winde nach Gefallen,
dem schwellt er mit gelindem Wehn die Segel,
dem sendet er das Leid, die Angst dem andern,
den läßt er glüklich aus dem Hafen steuern,

den

den führt er leicht durch's hohe Meer dahin,
den hält er in der Mitte seines Laufes.
Wär's nicht schon leidenvoll genug, nicht etwa
schon thränenwerth genug, des Menschen Loos,
daß er dem Tod noch rief, es zu erschweren?

Chor.

Ach! wie viel Unheil, wie viel Elend brachte
die Tochter Tyndars über Griechenland!
Du aber, Aermste, jammerst mich am meisten.
O hätteft du solch Schiksal nie erfahren!

Fünfter Auftrit.

Achilles mit einigen Bewafneten, erscheint in der Ferne. Die Vorigen.

Iphigenie.
(erschrokken)

O Mutter! Mutter! Eine Schar von Männern
kommt auf uns zu.

Klytemnestra.

Der Göttinnsohn ist drunter,
für den ich dich hieher gebracht.

Iphigenie.

(eilt nach der Thür, und ruft ihren Jungfrauen).

Macht auf!
Macht auf die Pforten, daß ich mich verberge.

Klytemnestra.

Was ist dir? Vor wem fliehest du?

Iphig. in Aulis. F Iphi-

Iphigenie.

Vor ihm, vor dem Peliden — ich erröthe, ihn zu sehn —

Klytemnestra.

Warum erröthen, Kind?

Iphigenie.

Ach! die beschämende Entwiklung dieser —

Klytemnestra.

Laß die Glüklichen erröthen! — Diese zücht'ge Bedenklichkeiten jezt bei Seite, wenn wir was vermögen sollen —

Achilles.
(tritt näher).

Arme Mutter!

Klytemnestra.

Du sagst sehr wahr.

Achilles.

Ein fürchterliches Schreien hört man im Lager.

Klytemnestra.

Ueber was? Wem gilt es?

Achilles.

Hier deiner Tochter.

Klytemnestra.

O das weissagt mir nichts Gutes.

Achilles.

Achilles.

Alles bringt auf's Opfer.

Klytemnestra.

Alles?
Und niemand ist, der sich dagegen sezte?

Achilles.

Ich selbst kam in Gefahr —

Klytemnestra.

Gefahr —

Achilles.

Gesteinigt
zu werden.

Klytemnestra.

Weil du meine Tochter
zu retten strebtest?

Achilles.

Eben darum.

Klytemnestra.

Was?
Wer durft' es wagen, Hand an dich zu legen?

Achilles.

Die Griechen alle.

Klytemnestra.

Wie? Wo waren denn
die Scharen deiner Myrmidonen?

Achilles.

Die
empörten sich zuerst.

F 2

Klytem-

Klytemnestra.

Weh' mir! Wir sind verloren, Kind!

Achilles.

Die Hochzeit habe mich bethöret, schrie'n sie.

Klytemnestra.

Und was sagtest du darauf?

Achilles.

Man solle die nicht würgen, die zur Gemahlinn mir bestimmt gewesen.

Klytemnestra.

Da sagtest du, was wahr ist.

Achilles.

Die der Vater mir zugedacht.

Klytemnestra.

Und die er von Myzene ausdrüklich hatte kommen lassen.

Achilles.

Vergebens! Ich ward überschrie'n.

Klytemnestra.

Die rohe barbar'sche Menge!

Achilles.

Dennoch rechne du auf meinen Schuz.

(Klytem-

Klytemneſtra.
So vielen willſt du's biethen ein Einziger?

Achilles.
Siehſt du die Krieger dort?

Klytemneſtra.
O möge dir's bei dieſem Sinn gelingen!

Achilles.
Es wird

Klytemneſtra.
So wird die Tochter mir nicht ſterben?

Achilles.
So lang' ich Athem habe, nicht!

Klytemneſtra.
Kommt man etwa, ſie mit Gewalt hinweg zu führen?

Achilles.
Ein ganzes Heer. Ulyſſes führt es an.

Klytemneſtra.
Der Sohn des Siſyphus etwa?

Achilles.
Derſelbe.

Klytemneſtra.
Führt eigner Antrieb oder Pflicht ihn her?

Achilles.
Die Wahl des Heers, die ihm willkommen war.

Klytemneſtra.
Ein traurig Amt, mit Blut ſich zu beſudeln!

Achilles.

Achilles.
Ich werd' ihn zu entfernen wissen.
Klytemnestra.
Sollte
er wider Willen sie von hinnen reissen?
Achilles.
Er? — Hier bei diesem blonden Haar!
Klytemnestra.
Was aber
muß ich dann thun?
Achilles.
Du hältst die Tochter.
Klytemnestra.
Wird
das hindern können, daß man sie nicht schlachtet?
Achilles.
Das wird dies Schwerdt alsdann entscheiden!
Iphigenie.
Höre
mich an, geliebte Mutter. Hört mich beide.
Was tobst du gegen den Gemahl? Kein Mensch
muß das Unmögliche erzwingen wollen.
Das größte Lob gebührt dem wohlgemeinten,
dem schönen Eifer dieses fremden Freundes,
du aber, Mutter, lade nicht vergeblich
der Griechen Zorn auf dich, und stürze mir
den großmuthsvollen Mann nicht ins Verderben.
Vernimm jetzt, was ein ruhig Ueberlegen
mir

mir in die Seele gab. Ich bin entschlossen
zu sterben — aber ohne Widerwillen
aus eig'ner Wahl, und ehrenvoll zu sterben!
Hör' meine Gründe an, und richte selbst.
Das ganze große Griechenland hat jezt
die Augen auf mich einzige gerichtet.
Ich mache seine Flotte frei — durch mich
wird Phrygien erobert. Wenn fortan
kein griechisch Weib mehr zittern darf, gewaltsam
aus Hellas sel'gem Boden weggeschleppt
zu werden von Barbaren, die nunmehr
für Paris Frevelthat so fürchterlich
bezahlen müssen — aller Ruhm davon
wird mein sein Mutter. Sterbend schüz ich sie.
Ich werde Griechenland errettet haben,
und ewig selig wird mein Name strahlen.
Wozu das Leben auch so ängstlich lieben?
Nicht dir allein — du hast mich allen Griechen
gemeinschaftlich gebohren. Sieh' dort! Sieh'
die Tausende, die ihre Schilde schwenken,
dort andre Tausende, des Ruders kundig,
entbrannt von edelm Eifer kommen sie,
die Schmach des Vaterlands zu rächen, gegen
den Feind durch tapfre Kriegesthat zu glänzen,
zu sterben für das Vaterland. Dieß alles
macht' ich zu nichte, ich, ein einzig's Leben?
Wo, Mutter, wäre das Gerecht? Was kannst
du hierauf sagen? — und alsdann —

(sich

(sich gegen Achilles wendend)
Soll der's
mit allen Griechen, eines Weibes wegen
aufnehmen und zu Grunde gehn? Nein doch!
Das darf nicht sein! Der einz'ge Mann verdient
das Leben mehr, als hunderttausend Weiber.
Und will Diana diesen Leib, werd' ich,
die Sterbliche, der Göttinn widerstreben?
Umsonst! Ich gebe Griechenland mein Blut.
Man schlachte mich, man schleife Trojas Veste!
Das soll mein Denkmal sein auf ew'ge Tage,
das sei mir Hochzeit, Kind, Unsterblichkeit!
So will's die Ordnung und so sei's: Es herrsche
der Grieche und es diene der Barbare!
denn der ist Knecht, und jener frei gebohren!

Chor.
Dein großes Herz zeigst du — doch grausam ist
dein Schiksal, und ein hartes Urtheil sprach Diana!

Achilles.
Wie glüklich machte mich der Gott, der dich
mir geben wollte, Tochter Agamemnons!
Glükseliges Griechenland, so schön errettet!
Glükselig du, durch ein so großes Opfer
geehrt! Wie edel hast du da gesprochen!
Wie deines Vaterlandes werth! Der starken
Nothwendigkeit willst du nicht widerstreben,
was einmal sein muß, muß vortreflich sein.
Je mehr dies schöne Herz sich mir entfaltet,
ach

ach desto feuriger lebt's in mir auf,
dich als Gemahlinn in mein Haus zu führen.
O sinn' ihm nach. So gern thät' ich dir Liebes,
und führte dich als Braut in meine Wohnung.
Kann ich im Kampfe mit den Griechen dich
nicht retten — o beim Leben meine Mutter!
es wird mir schreklich sein. Erwäg's genau.
Es ist nichts kleines um das Sterben!
   Iphigenie.
        Meinen
Entschluß bringt kein Beweggrund mehr zum
        Wanken.
Mag Tyndars Tochter, herrlich vor uns allen,
durch ihre Schönheit Männer gegen Männer
im blut'gem Kampf bewafnen — meinetwegen
sollst du nicht sterben, Fremdling! Meinetwegen
soll Niemand durch dich sterben! ich vermag's
mein Vaterland zu retten. Laß mich's immer.
   Achilles.
Erhab'ne Seele — Ja! Ist dieß dein ernster
Entschluß, ich kann dir nichts darauf erwiedern.
Warum, was Wahrheit ist, nicht eingestehn?
Du hast die Wahl des Edelsten getroffen!
Doch dürfte die gewaltsame Entschließung
dich noch gereun, drum halt' ich Wort, und werde
mit meinen Waffenbrüdern am Altar
dir nahe stehn — kein müß'ger Zeuge deines Todes,
dein Helfer vielmehr und dein Schuz. Wer weiß,
         wenn

wenn nun der Stahl an deinem Halse blinkt,
ob dich des Freundes Nähe nicht erfreuet?
Denn nimmer werd ich's dulden, daß dein Leben
ein allzu rasch gefaßter Vorsaz kürze.
Jezt führ ich diese —
   (auf seine Bewafneten zeigend).
               nach der Göttinn Tempel,
dort findest du mich, wenn du kommst.

Sechster Auftrit.
Iphigenie. Klytemnestra. Der Chor.

Iphigenie.
               Nun Mutter? —
Es nezzen stille Thränen deine Augen?

Klytemnestra.
Und hab' ich etwa keinen Grund zu weinen?
O ich Unglükliche!

Iphigenie.
              Nicht doch! Erweichen
mußt du mich jezt nicht, Mutter. Eine Bitte
gewähre mir.

Klytemnestra.
          Entdekke sie, mein Kind.
Die Mutter findest du gewiß.

Iphigenie.
              Versprich mir,
dein Haar nicht abzuschneiden, auch kein schwarzes
Gewand um dich zu schlagen —
                            Kly-

Alytemneſtra.
Wenn ich dich verloren habe? Kind, was forderſt du?
Iphigenie.
Du haſt mich nicht verloren — Deine Tochter wird leben und mit Glorie dich krönen.
Alytemneſtra.
Ich ſoll mein Kind im Grabe nicht betrauern?
Iphigenie.
Nein Mutter! Für mich gibt's kein Grab.
Alytemneſtra.
Wie das? Führt nicht der Tod zum Grab?
Iphigenie.
Der Tochter Zevs geheiligter Altar dient mir zum Grabe.
Alytemneſtra.
Du haſt mich überzeugt. Ich will dir folgen.
Iphigenie.
Beneide mich als eine Selige, die Segen brachte über Griechenland.
Alytemneſtra.
Was aber hinterbring' ich deinen Schweſtern?
Iphigenie.
Auch ſie laß keinen Trauerſchleier tragen.
Alytemneſtra.
Darf ich die Schweſtern nicht mit einem Worte der Liebe noch von dir erfreuen?

Iphi-

Iphigenie.

Mög' es ihnen wohl ergehen! — Diesen da
(auf Orestes zeigend).
erziehe mir zum Mann!

Klytemnestra.

Küß' ihn noch einmal,
zum leztenmale!

Iphigenie.
(ihn umarmend).

Liebstes Herz, Was nur
in deinen kleinen Kräften hat gestanden,
das hast du redlich heut' an mir gethan!

Klytemnestra.

Kann ich noch etwas Angenehmes sonst
in Argos dir erzeigen?

Iphigenie.

Meinen Vater
und deinen Gatten — haß ihn nicht!

Klytemnestra.

O! der
soll schwer genug an dich erinnert werden!

Iphigenie.
Ungern läßt er für Griechenland mich bluten.

Klytemnestra.
Sprich, hinterlistig, niedrig, ehrenlos,
nicht, wie es einem Sohn des Atreus ziemet!

Iphige=

Iphigenie.
(sich umschauend).

Wer führt mich zum Altar? — Denn an den Locken
möcht' ich nicht hin gerissen sein.

Klytemnestra.
Ich selbst.

Iphigenie.
Nein! Nimmermehr!

Klytemnestra.
Ich fasse deinen Mantel.

Iphigenie.
Sei mir zu Willen, Mutter! Bleib — Das ist
anständiger für dich und mich! — Hier, von
des Vaters Dienern findet sich schon einer,
der zu Dianens Wiese mich begleitet,
wo ich geopfert werden soll.
(sie wendet sich zum Gefolge).

Klytemnestra.
Du gehst,
mein Kind?

Iphigenie.
Um nie zurück zu kehren!

Klytemnestra.
Verlässest deine Mutter?

Iphigenie.
Und unwürdig
von ihr gerissen, wie du siehst.

Kly-

Klytemneſtra.

O bleib!
Verlaß mich nicht!
  (will auf ſie zu eilen.)

Iphigenie (tritt zurück.)

Nein! Keine Thränen mehr!
(ſie redet den Chor an, mit dem ſie ge=
kommen iſt.)

Ihr Jungfraun, ſtimmt der Tochter Jupiters
ein hohes Loblied an aus meinem Leiden,
zum frohen Zeichen für ganz Griechenland!
Das Opfer fange an — Wo ſind die Körbe?
Die Flamme lodre um den Opferkuchen!
Mein Vater faſſe den Altar! Ich gehe,
Heil und Triumph zu bringen den Achivern!
Kommt! Führt mich hin! Der Phrygier und Trojer
fruchtbare Ueberwinderinn! Gebt Kronen,
gebt Blumen, dieſe Locken zu bekränzen,
Erhebt den Tanz um den beſprengten Tempel!
um den Altar der Königinn Diana,
der Göttlichen! der Seligen! Denn, wenn
es einmal ſein muß, will ich das Orakel
mit meinem Blut und Opfertode tilgen.

Chor.

(wendet ſich gegen Klytemneſtra, die in
ſtumme Traurigkeit verſenkt ſteht.)

Bald, bald, ehrwürd'ge Mutter, weinen wir mit dir,
Die heil'ge Handlung duldet keine Thränen.

Iphi=

Iphigenie.
Helft mir Dianen preisen, Jungfrauen,
die, Chalcis nahe Nachbarinn, in Aulis
gebietet, wo die Flotte Griechenlands
im engen Hafen meinetwegen weilet!
O Argos! Mütterliches Land! Und du,
der frühen Kindheit Pflegerinn, Mycene!
Chor.
Die Stadt des Perseus rufst du an, von den
Cyklopen für die Ewigkeit gegründet!
Iphigenie.
Ein schöner Stern gieng den Achivern auf
in deinem Schoos — Doch nein. Ich will ja
              freudig sterben.
Chor.
Im Ruhm wirst du unsterblich bei uns leben.
Iphigenie.
O Fakkel Jovis! Schöner Strahl des Tages!
Ein andrer Leben thut sich mir jetzt auf,
zu einem andern Schikfal scheid' ich über.
Geliebte Sonne, fahre wohl.
          (sie geht ab.)

Ende des Trauerspiels.